3

柳叶刀山
旧哨岗
山洞
沉默之路
魔镜
三焰魔法门

矮人王国
通往巨人山
大雪山
凿子镇
锻造路
灰原
美岩城
冰峰
艾斯培里奥矿
黑暗之路
希望之山
被遗忘的魔法门

图书在版编目（CIP）数据

幻想王国.3，新的征程 /（意）阿瑟·特尔曼著；龚星月译. —广州：新世纪出版社，2017.1

ISBN 978-7-5583-0021-9

Ⅰ. ①幻… Ⅱ. ①阿… ②龚… Ⅲ. ①儿童文学—科学幻想小说—意大利—现代 Ⅳ. ①I546.84

中国版本图书馆CIP数据核字（2016）第119535号

出 版 人：孙泽军
责任编辑：李粒子　李世文　钟蕴华
特约编辑：王凯波
责任技编：许泽璇
封面设计：高豪勇

HUANXIANG WANGGUO 3 XIN DE ZHENGCHENG

幻想王国3　新的征程

［意］阿瑟·特尔曼　著　　龚星月　译

出版发行：新世纪出版社
（广州市大沙头四马路10号）
经　　销：全国新华书店
印　　刷：佛山市浩文彩色印刷有限公司
规　　格：890毫米 × 1240毫米　1 / 32
印　　张：5.75
插　　页：32
字　　数：100千
版　　次：2017年1月第1版
印　　次：2017年1月第1次印刷
定　　价：20.00元

质量监督电话：020-83797655　购书咨询电话：020-83781537

矮人王国
通往巨人山
大雪山
凿子镇
锻造路
灰原
美岩城
冰峰
艾斯培里奥矿
黑暗之路
希望之山
被遗忘的魔法门

图书在版编目（CIP）数据

幻想王国.3，新的征程 /（意）阿瑟·特尔曼著；龚星月译. —广州：新世纪出版社，2017.1
ISBN 978-7-5583-0021-9

Ⅰ. ①幻… Ⅱ. ①阿… ②龚… Ⅲ. ①儿童文学—科学幻想小说—意大利—现代 Ⅳ. ①I546.84

中国版本图书馆CIP数据核字（2016）第119535号

出 版 人：孙泽军
责任编辑：李粒子　李世文　钟蕴华
特约编辑：王凯波
责任技编：许泽璇
封面设计：高豪勇

HUANXIANG WANGGUO 3 XIN DE ZHENGCHENG
幻想王国3　新的征程
［意］阿瑟·特尔曼　著　　龚星月　译

出版发行：新世纪出版社
（广州市大沙头四马路10号）
经　　销：全国新华书店
印　　刷：佛山市浩文彩色印刷有限公司
规　　格：890毫米 × 1240毫米　1 / 32
印　　张：5.75
插　　页：32
字　　数：100千
版　　次：2017年1月第1版
印　　次：2017年1月第1次印刷
定　　价：20.00元

质量监督电话：020-83797655　购书咨询电话：020-83781537

THE KINGDOM OF FANTASY

幻想王国

新的征程

[意] 阿瑟·特尔曼 著 龚星月 译

3

SPM
南方出版传媒
新世纪出版社
·广州·

主要人物介绍

Ombroso翁布罗若

原名阿乌达琪，意为“忧郁的影子”，是年轻勇敢的森林精灵，受仙女女王之托，决心打败黑女王的邪恶势力，让和平重新回到幻想王国。

Ulmus乌尔姆斯

森林王国年长的女先知，帮助翁布罗若完成他的使命。

Robinia罗比尼娅

骄傲固执的森林精灵，森林王国的王位继承人，在森林王国解放之后决定与翁布罗若一起解放其他消失的王国。

Zolfanello小火柴

森林王国可爱的小羽龙，罗比尼娅亲密的伙伴。

Regulus莱古路斯

可爱的星星精灵，丝碧卡的哥哥，翁布罗若最好的朋友，决心陪伴翁布罗若，并与他并肩作战。

Spica丝碧卡

莱古路斯的妹妹，大胆的星星精灵，为了帮助翁布罗若完成使命离开了自己的王国。她的武器是一把魔法弓。

Brugus布鲁古斯

勇猛的森林精灵，为了解放自己的人民，与翁布罗若并肩作战。

Il Cacciatore龙猎人

没有人知道来历的神秘精灵，与翁布罗若在森林王国相遇。

Stellarius斯特拉利乌斯

幻想王国强大的巫师，一直在与黑暗力量和黑女王战斗。

Ginepro吉内普罗

森林王国的宫廷大学士，在森林王国被侵略的时候死去，留下了神秘的预言。

Adamas阿达玛斯

铸剑长老，矮人王国美岩城五大长老中最年轻的一位。

Cuprum古普鲁

美岩城医师，草药和药剂方面的专家。

Galena伽蕾娜

美岩城头盔长老，勇敢好斗，从翁布罗若一行人来到之初就接受了他们。

Ortoclasio奥尔多克拉西奥

美岩城凿刻长老，性格踏实，处事果断。

Orneblenda奥尔蕾布兰达

奥尔多克拉西奥的妻子，经营一家住着敌人邪妖的小酒馆。

Sulphur苏尔福

年长的美岩城熔炼长老，一开始不信任翁布罗若，后逐渐冰释前嫌。

Rutilus鲁提路斯

年长温厚的美岩城铁甲长老，将精灵们收留在自己家中。

Favilla法维拉

身中女巫魔法的灰鹅，将帮助翁布罗若等人完成使命。

Implacabile冷血

与黑女王结盟的绿色妖怪——邪妖的头领，控制着美岩城和矮人王国。

记住，广阔的幻想王国的土地上，
那些消失的王国没有一个真正被遗忘了。
回忆里有它们的踪迹，挽歌在为它们而唱。
然而黑暗仍从女巫王国向外蔓延，
就像一滴不断变大的黑色墨迹。
但正如森林王国从黑暗痛苦的长眠中苏醒一样，
其他的王国也准备迎来自由。
仙女女王弗洛莉迪娅娜，
在把使命交到勇敢的精灵阿乌达琪手上时，
就已经预见了这样的结果。
为了更伟大的事情，阿乌达琪甘冒生命的危险。
对于他的朋友来说，
他的勇气就像启明星一样，点亮了天空。
身处宫殿中的黑女王斯特里娅并没有在意，
她忘了，
就算再漫长的黑夜，
也注定会结束。

（法布鲁斯巫师《幻想王国》，写在本书之前。）

前情介绍

这是一个很久以前的故事。那时幻想王国被黑暗和可怕的危险所笼罩，一个接一个的王国纷纷臣服在女巫的统治之下。

这个被称为翁布罗若的年轻精灵和他的朋友丝碧卡、莱古路斯以及罗比尼娅所经历的故事就发生在这个时期。

在翁布罗若还很小的时候，他从落入黑女王手中的森林王国逃到了星星王国。在他的新家，他得到了保护和关爱、友谊和理解。在此后的几年中，他从没有想过有一天他不得不放弃星星王国的平静生活回到他原来的世界与黑暗力量战斗。他渐渐长大了，原以为随着他来时穿过的那扇在星星王国和森林王国之间的魔法门的关闭，他的故土也已经永远消失了，尽管他有时也会产生能够回到那里，去看看他的族人的念头。

然而有一天，不知是偶然还是命中注定，他发现了打开魔法门的方法。不仅如此，他还发现自己肩负着仙女女王弗洛莉迪娅娜交给他的一个无法拒绝的使命。他必须从黑暗力量的统治下解放森林王国，并且打败黑女王斯特里娅，这些就好像是深入他骨髓的使命一样，无法拒绝。

于是他和忠诚的朋友莱古路斯一起穿过了魔法门，来到了森林王国。为了解放变成奴隶的森林精灵，他们与女巫的盟友狼人和空心骑士战斗。在旅程中，他们认识了森林王国王位的继承人——年轻傲慢的罗比尼娅和她的小伙伴——羽龙“小火柴”。

在那里他还遇到了和巫师斯特拉利乌斯一同前来的丝碧卡。

他发现，森林王国是他母亲的王国，而他的父亲却来自别的王国。其实他真正的名字叫作阿乌达琪，这是他来自遥远神秘王国的父亲郭尔德纳琪给他取的名字。

他们的旅途经过了浓密的树林和原始森林，在途中，他获得了一把强大的武器——一把能够打败空心骑士的剑。

不过，真正解放森林王国的并不是依靠任何一把武器，而是依赖于翁布罗若的勇气、心灵的力量和发掘事物本质的能力。战争是残酷和艰难的，许多人死去了，但更多的人活了下来，他们将让森林王国重获新生，重建那个被女巫毁灭的王国。

但是翁布罗若的旅程并没有结束。黑暗从遥远的女巫王国不断蔓延到其他的地方。在打败邪恶势力，拯救所有王国，解放所有人之前，翁布罗若和他的朋友们的使命不会停止。

那么，接下来的故事就发生在我们年轻的英雄们解放了第一个王国之后。

你们听……

目录

另一个王国

第一章　新的征程

落日的最后一缕余晖消失在森林王国的地平线上，四处亮起了提灯的火光。自从森林王国的精灵们重获自由后，他们便迁到了这个新的营地。翁布罗若来到古哨塔，向下望去，欣赏着这华灯初上的美景。这个营地因为临近灰城堡，被称为“灰色基地”。正是在这里，与翁布罗若并肩作战的森林精灵——勇敢的布鲁古斯，领导大伙们向灰城堡发起了反攻，他们要将黑暗军团最后的力量彻底逐出国境。

反攻灰城堡的战斗已经进行了差不多一个月，离斯特拉利乌斯出发去寻找“魔镜”也差不多过了一个月。十几年前，为了侵略森林王国，黑女王用巫术在这里制造了方便黑暗军团通过的“魔镜”。而在远古时期，为了把幻想王国的国家连到一起，仙女们依靠

带有魔法的石头作为开启和关闭的钥匙，建造了许多魔法门。但仙女们为人民的利益而建造的魔法门却成了女巫实现自己邪恶目的的工具：她们改变了作为钥匙的石头上的魔法，把它们变成开启新通道的钥匙，通过这些新的通道，女巫们悄无声息地开始了侵略活动。这些带有巫术的通道，被称为魔镜，它们大都设在污浊的水塘里。通过魔镜，黑暗军团可以很快到达并侵略那些毫无防备的和平国家。森林王国便是这样被征服的。在此之前，许多其他的王国也落入了女巫的手中，没有人知道她们是通过什么方法把自己黑暗孤立的世界与和平自由的王国联通的。

魔镜的秘密是斯特拉利乌斯发现的。现在他正在寻找女巫来到森林王国时使用的那个魔镜：只需要跟着黑暗军团撤退时的路线就可以找到了。事实上，翁布罗若和其他勇敢的精灵们将解放所有被征服的王国，直捣女巫的老巢，把她们彻底打败。

翁布罗若答应过斯特拉利乌斯等他回来，可现在他开始犹豫是不是应该停止浪费时间，直接出发。他渴望继续完成自己的使命。就连腰间的佩剑“毒药”，那把因为浸染了蝎子尾巴的毒液而成为唯一能够战胜空心骑士的剑，也开始蠢蠢欲动，渴望离开。与此同时，他还感觉到一种离愁，就像他离开从小到大生活的星星王国时一样。他时常想起那个见证了他无忧无虑的幸福时光的地方，思念让他的心痛了起来，谁知道他还能不能再回去呢？他只知道，只要他的使命还没有完成，只要还有无辜的人民没有被解放，他就不能回去。

忽然他听到树叶沙沙响起来，一个戴着风帽的身影走了过来，伸出一只手温柔地放到他的胳膊上。

“他很快就回来了。”是丝碧卡的声音，她似乎知道他心里的想法。

翁布罗若仍然看着远处，沉默着。

“他是巫师……他很快就会回来的。”丝碧卡重复道。曾经丝碧卡也怀疑过斯特拉利乌斯的能力，冒险独自行动，结果使自己身陷险境。现在她知道必须要相信斯特拉利乌斯。

翁布罗若点点头：“也是，就算我想走也不知道往哪里走……没有斯特拉利乌斯，我们连个向导都没有。就连仙女的罗盘也坏了，以前它总能指引正确的方向，可现在指针却一直乱转。”

丝碧卡吃了一惊。翁布罗若又说：“你知道吗？我开始渐渐把这里当家了。”

“这很正常。你妈妈就是这个王国的人，所以你也属于这里，不是吗？”她笑着说。

“没错。可我在想我爸爸是从哪里来的。没人告诉我，大家都只是说他来自一个遥远的王国……”

“你在想他的家乡是不是也被黑暗军团占领了？”丝碧卡问。

翁布罗若点点头，他的表情更严肃了。

“我总是在想我们会不会经过那里……”

“好吧，如果是的话，我们也会解放那里。”丝碧卡明媚一笑，安慰道，“到时候你就可以知道你爸爸究竟是怎么样的一个人了。”

翁布罗若笑了。他并没有说出自己真正的想法。在他内心深处，他害怕自己不能解救被女巫统治的那些王国，这个任务对他来说太难了。他艰难地赶走了这个想法，说：“没错。那就只能等斯特拉利乌斯回来了。发信号告诉他们这里一切正常。我们也该回去了，天气开始冷了。”

丝碧卡从披风下拿出一盏黄铜提灯，放到哨塔的木桩上。黄色的火光照亮了黑夜，投在密林上。两人冷得打了个寒战，转过身消失在夜色中。

“你不用再说一遍！”罗比尼娅喊道。

“啊，这么说你明白了？”莱古路斯取笑道。

“我当然明白！你当我是谁？”

尽管外面开始下起了雨，这天晚上的营地里仍然充满了快乐的气氛。虽然灰城堡看上去似乎坚不可摧，可大家都清楚狼人们在他们的攻打之下坚持不了多久。

和往常一样，莱古路斯和罗比尼娅又吵了起来。晚饭过后这两人就玩起了游戏，然而很快游戏变成了战争，两人都不愿意认输。他们就游戏场地、游戏工具的问题吵了又吵……现在又因游戏分数开始了第一百零一次的争论。

不用巡逻的森林精灵们有的轻声细语地劝着架，

有的乐呵呵地拿他们开玩笑，还有的一边喝着蓝莓汁儿一边侃大山。

然而，最近翁布罗若觉得这些人看他的眼光很不一样，像是在等他说点什么，或是宣布什么，或是鼓励几句。

自打他战胜空心骑士的消息传开之后，大家看他的眼神便不一样了。其实也并不奇怪，罗比尼娅有天早上就说了，是他和他的勇气，给森林王国带来了希望。在某种程度上，他成了一个传奇。

然而，每当他照镜子的时候，他看到的不是一个英雄，而是一个背负着过重责任的普通少年。

唯一能稍稍减轻他心中压力的，一个是丝碧卡，另一个便是小火柴。不过这晚丝碧卡正被一群森林精灵们围着听她讲故事。丝碧卡讲的故事他们闻所未闻，全都吃惊地瞪大了眼。

于是就只剩下小火柴了。它似乎看出了翁布罗若的心不在焉，小家伙跳到了他坐的木桩上，呼噜呼噜开心地哼着，靠着他蜷起身来，把头放在他的大腿上。

翁布罗若温柔地抚摸着它，突然帐篷里进来了一个高大的身影。

是斯特拉利乌斯。他全身湿透，疲惫和寒冷让他脸上的皱纹看起来更多了。

他浓密的胡子和眉毛上全都是一粒粒的冰碴子。

一看到他，翁布罗若立刻跳了起来，小火柴滚到地上，不高兴地嘟囔了一声。

“斯特拉利乌斯！”他喊道，大家闻声都齐刷刷地转过头去。

帐篷里静悄悄的，只听见外面哗哗的大雨声。

“很好，你们都在！”斯特拉利乌斯说。

“发生了什么？你怎么这么久才回来？”丝碧卡焦急地问。

“别急，别急！我会跟你们解释的。”斯特拉利乌斯回答，一边把长袍上的雪水抖了下来。

他看了看周围，这儿人太多了，便对几个年轻人说：“你们几个到议事厅来！”说罢又匆匆出去了。

翁布罗若二话不说便跟上去，走进了雨中。罗比尼娅抱起小火柴，叹了口气，跟着莱古路斯和丝碧卡一起走出了帐篷。丝碧卡在雨中停下了脚步，呼吸了一口新鲜空气。终于到了再次出发的时候了！她感到精力充沛，同时又有一点害怕。大雨哗哗哗落在她头上，赶走了她的思绪，她快步跟了上去。

“我在寻找魔镜的时候遇到了点儿麻烦。”斯特拉利乌斯说。“它隐藏得很好，钥匙也没派上用场。”他一边说一边从长袍里拿出了那颗发黑的绿松石，这颗石头让他和丝碧卡从星星王国穿越魔镜来到了这里。“这是因为空心骑士在撤退的时候破坏了魔镜，于是史书上就多了一个‘破镜’了……”他打趣道，“不过，我已经施展了魔法，使魔镜可以继续使用。”

说完他坐到火堆前，少年们也都围着火堆相继坐了下来。

“给，喝点儿热汤吧。”罗比尼娅一边说一边给他递过去一个冒着热气的杯子。

巫师接过杯子小口喝了起来。

“那么破镜是通向哪个王国呢？”丝碧卡问。

“为了搞清这一点我不得不穿过魔镜，因为这个我才回迟了。”斯特拉利乌斯回答。

“好吧，很明显是通向一个寒冷的地方。”莱古路斯抄起手说。

巫师胡子上和眉毛上的冰碴儿这时才开始融化。他喘了口气。“没错，那个地方非常冷。从来没有夏天。”他看了一眼少年们，“魔镜通往柳叶刀山。”

小火柴扑哧一声，像是打了个喷嚏，完了它伸出一只爪子拿了块木炭大嚼特嚼起来。

“那是什么地方？”罗比尼娅问。她从没听人说起过。

“那是一个‘终年飘着鹅毛大雪’的地方。”丝碧卡抢在巫师前头说道。

大伙儿都转过头看着她，她的脸“唰”的一下红了。

“你怎么知道的？”翁布罗若问。

“我小时候听说过一次。在一个很古老的故事里。”她回答，“据说那是幻想王国里最险峻的山，在矮人王国。那里是唯一一个出产一种叫‘艾斯培里奥’的珍贵矿产的地方，我没记错的话。”

“嗯。”斯特拉利乌斯说，“看来你们知道得还不少。没错，是叫艾斯培里奥，魔镜将带我们去的地方就是矮人王国。丝碧卡说得没错，柳叶刀山非常险峻，没有人能够在没有向导和地图的情况下活着离开那里。”

帐篷里一阵沉默。

斯特拉利乌斯继续说："矮人是一个很能干的民族，擅长生产各种物品，尤其擅长把仙女或者女巫的魔法注入生产的物品上面，使它们变得强大或者具有特殊的性质。这个古老的王国一直都是独立在其他王国之外的，即使在幻想王国和平统一的时期也是这样，必须这样。因为艾斯培里奥矿是这片土地上非常珍贵的宝物，必须好好保管。将这种金属和黑色溶铅混合，再经过复杂可怕的魔法程序，女巫第一次制造出了不可战胜的空心骑士的铠甲。不难猜到，她们的第二步就是拿下艾斯培里奥矿供自己自由支配。所以多年以来，矮人王国都处在黑暗力量的控制之下。"

"那边的魔镜有人监视，如果有人穿过魔镜，他们肯定会知道。"莱古路斯提醒道。

"没错，反正他们都会等着我们。别忘了那些逃走的空心骑士也穿过了魔镜，他们应该已经发出了警告。"翁布罗若说。

"说得没错，孩子。所以我在带你们去那里之前做了一次小小的侦察。但我发现了一件奇怪的事情：魔镜那边的守卫已经被干掉了，当然不是被空心骑士……或许是有人在我之前穿过了魔镜，但会是谁呢？另外，那边非常寒冷，这只会让我们的任务更加困难。而且，那里到处都是邪妖。”

“谁？”罗比尼娅笑了，“传说中那些带着铁手套穿着铁靴子的妖怪？它们怎么能成为麻烦呢？”

巫师叹了口气，严肃地说：“你得学会不要低估任何敌人，罗比尼娅。永远记住！”

“好吧，我只是以为会有什么更加……更加厉害的东西等着我们。”罗比尼娅的脸“唰”地红了。

大家看了看罗比尼娅，又看了看巫师。巫师沉下脸盯着她：“你真是这么想的？”

又是一阵沉默，只有火苗在噼啪作响。

“你知道为什么在别的王国它们被称为‘死神的妖精’吗？你知道它们的靴子有多致命，它们的铁手套有多锋利吗？不，我猜你不知道，是吧？”巫师说。

他的声音在帐篷里回荡，消失在沙沙的雨声中。

“但它们只是小妖怪，差不多只有矮人那么高……”丝碧卡试图反驳。

斯特拉利乌斯的眼睛眯成了两条缝儿，眼神透着不安：“还有一件事情我没告诉你们。很久以前，仙女们在矮人王国施了一个魔法，使每一个进入那里的人都会变小。弗洛莉迪娅娜女王这样做是为了保护矮人不被比他们大的生物伤害。所以穿过魔镜后，我们也会变得和矮人一样小，或者差不多大小。”

“不能解除这个魔法吗？”翁布罗若问。

“哼！”斯特拉利乌斯摇摇头，“仙女的魔法？不，不能。”

“我的星星啊！”莱古路斯喊道，他刚刚想象了一下自己变小的样子。

“但这也可以变成一种优势。”斯特拉利乌斯说，“变小后更加不容易被发现，也更容易躲藏。如果我们保持现在的大小，不被发现是不可能的。到达那边的空心骑士也被这种魔法变小了。”

第一章　新的征程

“一旦穿过魔镜，会遇到什么东西呢？”翁布罗若问。

“雪巨人，舞毒蛾，首当其冲的是严寒的天气……”

“舞毒蛾？那是什么？”

“一种白色的小蛾子，吃树为生，主要是吃针叶树，实际上它们在那片土地上消失了很多年了。现在这些贪婪的家伙已经习惯为邪妖和女巫服务，做他们的间谍。至于雪巨人嘛，比它们生活在洞穴里和平原上的亲戚要小一些，但同样危险。我们只能祈祷不在路上碰到它们。

不幸的是我已经很久没有去过矮人王国了，我需要一个当地人带我们去

美岩城，也就是矮人们的城市，夺回艾斯培里奥矿井并找到通往下一个王国的魔法门。所以一到那边我就给一个老朋友传了信儿。”

“听你这么说，恐怕解放矮人王国不是一件容易的事情。”莱古路斯叹了口气。

“是不容易，但我相信他们。他们手里的资源比我们想的要多。”斯特拉利乌斯说，露出一丝微笑。

“你刚刚提到一个魔法门……如果要追击黑暗军团，不是应该走女巫的魔镜而不是魔法门吗？”丝碧卡问。

“不，我们走仙女的魔法门。或者说，曾经的魔法门。”斯特拉利乌斯说，“关于这扇门，我知道的也不多……他们把它叫作‘被遗忘的魔法门’。女巫就是从那里进入了矮人王国。她们不用再造一个新的魔镜，因为据说另一边的王国已经完全被她们控制了，所以没有人能阻止她们使用已经存在的魔法门。我不知道用哪种石头能够打开它，不知道它在哪里，也不知道那扇魔法门究竟通往哪个王国。”

“女巫占领矮人王国有多久了？”罗比尼娅问。

“很久，比占领森林王国的时间久得多，罗比尼娅。”

这时沉默了很久的翁布罗若问道：“我们什么时候出发？”

“明天一早，要尽快。明天天亮之前你们两个到这里来。”斯特拉利乌斯看着翁布罗若和丝碧卡说，“我会准备好行李。你们今晚好好休息，谁也不知道下一次休息是什么时候。至于你们……”他转过身对莱古路斯和罗比尼娅说，“今晚就跟他们告别吧。”

说完他站了起来，他的身影在火光的映照之下显得特别高大。

“等等。”莱古路斯一边说，一边朝罗比尼娅使了个眼色，“我……那个，我们有话要说。”

斯特拉利乌斯慢慢转过身，注意到了他语气中的严肃。

“我们两个想和你们一起走。”莱古路斯说。

小火柴叫了一声表示抗议，罗比尼娅纠正道：

“是我们三个。”

“哦，真的？”巫师挑起了一边的眉毛问。

“不行！”翁布罗若捏紧了拳头说，“我不允许你们……”话还没说完，莱古路斯更大声地打断了他：“你凭什么‘不允许’我们？如果我没记错的话，这事儿很久以前就已经决定了，在我们一起出发来到森林王国的那一天，我承诺过要帮助你，我会信守诺言。”

“你呢？罗比尼娅，你确定自己说的话？”斯特拉利乌斯转过身问罗比尼娅。

罗比尼娅迎上他的目光，坚定地点点头。“如果说我的人民重新燃起了希望，如果他们能有一个更好的未来，那都是翁布罗若的功劳。我必须和你们一起去。我和女巫还有账没算。”

“你的人民呢？你不能扔下他们！你是森林王国王位的继承人……”翁布罗若试图让她改变主意，而斯特拉利乌斯的平静让他感到震惊。

“不。”罗比尼娅低下了眼睛，“曾经这片土地的统治者并不是世袭的，而是在十三圣树前经过一夜之后被选出来的。只有最聪明和最善良的精灵才能从那里回来。现在应该恢复过去的做法。而且，我还没有准备好……"

"你的确还没有准备好，但你早晚会准备好的。不管你愿意不愿意，罗比尼娅，有些事情你不得不做。"斯特拉利乌斯严肃地说，"总之，如果你们已经决定了，那就明天早上见吧。"

说完他便转身离开了。

翁布罗若和丝碧卡不安地交换一个眼神，咬咬牙同意了。

"那么就这么定了。"罗比尼娅说。

“就这么定了。”莱古路斯重复了一遍。他看了看手中那颗星星形状的黑曜石，这就是打开森林王国和星星王国之间魔法门的钥匙：他和翁布罗若两个刚刚来到森林王国的时候，为了防止女巫入侵星星王国，关闭了那扇魔法门，翁布罗若将这块石头交给他保管，这块石头可以让他们重新回到星星王国。但不是现在，现在还不行。他必须一直保管它直到他们的使命完成。是的，这样做才是对的。最后他故作镇静地说：“看来将有一个危险的地方等着我们，我们要变得和矮人一样小了！”

“我们没有选择。”丝碧卡说。

第二章　破碎的魔镜

第二天雨停了，浓浓的雾笼罩了大地。孩子们在议事厅吃了一顿丰盛的早餐，虽然没有胃口，但他们必须强迫自己吃。谁知道什么时候才能再次坐在桌子前面吃一顿像样的饭呢？大家一言不发地吃着，各自想着自己的事，直到小火柴伸爪子去够角落里的行李包袱，但把它们都碰倒在了地上。

“小火柴！”罗比尼娅不高兴地训道，“你再不安静点儿我们就把你留在这儿。”

丝碧卡笑着站起来把掉落的包袱整理好，无意中发现里面有几件大大的斗篷。斗篷的颜色是渐变的灰色，有时看起来又是白色，她拿起一件，发现它特别轻，是用很多块布拼起来的。

“我们必须穿这些斗篷。”斯特拉利乌斯的声音传了过来，“尤其这个时候。这是乌尔姆斯为我们准备的，用窣窣蜘蛛的丝做成，是最好的御寒材料。”

“窣窣蜘蛛……的丝？” 丝碧卡疑惑地嘀咕。

“那是什么？” 莱古路斯问。

“一种巨大的蜘蛛，生活在矮人王国东北部的大雪山。那里的矮人饲养它们，为的是取它们的丝来用，这种蛛丝可以抵抗一些特定的魔法，但最重要的是可以抵御严寒。”

“那为什么这些长袍会在这儿？” 莱古路斯问。

“曾经森林王国和矮人王国之间有魔法门连接，两国之间的贸易很繁荣。” 斯特拉利乌斯说，“是吗，亲爱的朋友？”

“没错。” 这时候乌尔姆斯一边说一边被布鲁古斯搀扶着走了进来。

小火柴吱吱叫着跳到了桌子上，它闻了闻翁布罗若盘子里没吃完的菜，喷出一道绿火把它们烧焦，大吃特吃起来。

乌尔姆斯继续说道：“有很多古老的传说讲到这

些神秘的旅行者。我给你讲过很多次，”她转过身对罗比尼娅说，“圭珥克斯国王的故事。圭珥克斯并不是他的真正名字，当他被十三圣树选举为国王时，大家都很震惊，因为他是个异乡人，他的根不在这片土地上……后来他却成了森林王国最伟大的国王之一。”

罗比尼娅点点头：“是，我记得。”

乌尔姆斯又说：“他是和其他四个人一起来到这里的，那是很久以前的事了，没几个人记得了，当时他们就穿着这些斗篷。或许这是命运的指示，当时有五个人来到这里，现在就有五个人从这里离开……”

翁布罗若看了一眼斯特拉利乌斯，又看了看冒着生命危险陪伴他的伙伴们，一股力量油然升起。

乌尔姆斯将一本小小的书交给翁布罗若，说：“这是给你的。”

“给我的？”

“这是老先知吉内普罗留下来的预言书。没有多少，但我预感这对你比对我们更有用。我知道在

你眼中他的文字不像在我们看来那样晦涩难懂。”

“谢谢。我会好好利用它的。”翁布罗若说着接过了书。

斯特拉利乌斯走了过来，把一只手放在她肩膀上：“现在我们该出发了。”

告别之时，乌尔姆斯动情地说：“我们的心永远和你们在一起。”

“不要放弃！你们为这个王国做了很多，还有很多应该为别的王国做的事情需要完成。”布鲁古斯说。

把这些话牢牢记在心里，他们准备启程了。

路途很遥远。一行人从灰营出发进入灰谷森林，然后往东朝木料厂走，那里是黑暗军团统治时期流放成为奴隶的森林精灵的地方。下午时分，灰城堡渐渐远去，消失在浓雾中，很快周围只剩下树木、石头和灌木丛。

幸好斯特拉利乌斯认识路，步履坚定地带着他们穿过了这些地方。他们走得很快，没有遇到什么阻碍：现在，最艰难的战斗已经结束，剩下的狼人被抓住了，没人敢在这片荒凉的地区停留。用不了多久灰城堡也会被攻下，只是时间问题。

第二天傍晚的时候他们走进一条又窄又陡的路，这条路在山间盘旋，直通木料厂，那里就是破碎的镜子——用来连接森林王国和矮人王国的女巫的通道所在之处。

离那里越近，气温就越冷。不久前刚刚降临到森林王国的春天现在已经变成了苍白的回忆。

“感觉像冬天一样。” 丝碧卡抱怨道，一边沿着一条非常困难的路往下走去。

“是魔镜。” 斯特拉利乌斯回应了她的抱怨。

“可是……我以为你把它封上了 。” 莱古路斯吃惊地说。

“我当然关上了。” 巫师说，“但柳叶刀山是世界上最冷的地方之一。我回来的时候那里下了一场暴风雪，我封上了魔镜来接你们，寒冷还是会穿过来。这没什么奇怪的。女巫用来建造魔镜的巫术不像仙女的魔法那样精妙，总是会留下一些小小的缝隙让某些东西穿过，比如另一边的天气。” 接着他叹了口气指着前方说，“现在你们要小心了……我们差不多到了。” 说罢他离开现在的小路走上了陡峭的山腰。

孩子们犹豫了一下，也跟了上去。

罗比尼娅冷得牙齿直打架，然而当他们到达木料厂，寒冷却不再是她要担心的事情了。之前她从来没去过那里，只是总听人说那是一个很可怕的地方，但现在她突然明白“可怕”这个词根本不足以描述它。

连绵数百米的山上全都是被火烧掉的废墟……没有动物也没有植物。一切都是灰色的，像沉睡在被遗忘的回忆里。

罗比尼娅感觉眼泪涌了上来，她拼命忍住了。最让她难过的是每翻过一个山丘看到的都是一片荒凉，完完全全没有生命的痕迹：没有树叶的沙沙声；没有流水的汩汩声；没有树枝间松鼠的吱吱声。到处都是冻在一起的动物的骨头和死了很多年的精灵的尸体。一张张苍白哀伤的脸，一个个头骨用恐怖眼神看着经过的每一个人，好像在愤怒地质问人们为什么不早点来，不及时拯救他们。破烂的布片在寒风中飞舞，是这个敌人的营地里留下的唯一东西。沿着这个恐怖荒芜的地方往前走，罗比尼娅突然意识到，自从她认识了斯特拉利乌斯和其他人后，她改变了很多。

就在这时，她的靴子踩到了白霜。到处都是白霜。大山盖上了一层冰做的被子，冰雪把一切都变成了白色。

翁布罗若听到脚下嘎吱嘎吱响，他知道快到魔镜了。

最后他看到了它。三根树干在地上头尾相连搭成一个三角形。木头完全覆盖着奇怪的冻僵的蝙蝠，它们也被寒冰袭击了。细细的冰舌呈放射状伸向裸露的地表，划出一条条冰道，像是大地的伤口。

斯特拉利乌斯举起魔杖，魔杖发出光芒照亮了冰面，冰面出现了千万条裂纹。接着，巫师举起手臂，前一刻还被冰封的地方变成了一个波光粼粼的水塘。

斯特拉利乌斯从口袋里取出开启魔镜的石头，把石头系在魔杖的顶端，沉入水塘的中央。石头刚刚碰到水面，魔镜就打开了，一股夹杂着雪花的冷风冲出来。

“有暴风雪。”斯特拉利乌斯说，“我们很幸运。”

“幸运？”莱古路斯嘀咕。

“风雪会掩护我们。”斯特拉利乌斯狡猾地一笑。

翁布罗若第一个行动。他鼓起勇气，迎着寒风走上前去，寒风像一只爪子挠着他的脸。他沉入水中，被水裹着向前流去，冰冷的水在他的头发上和脸上凝结成冰，仿佛进入了一个冰冷刺骨的隧道。

最后，他终于出现在魔镜的另一头，呈现在他眼前的是打着旋儿的寒风和耀眼的雪光。

第三章　阿达玛斯

翁布罗若的眼睛疼得流泪。他紧紧裹住斗篷，让自己不那么冷。

很快丝碧卡和莱古路斯也过来了，然后是罗比尼娅，她打着滚儿，一头扎进了雪地里。小火柴从行囊里跳出来想帮她，却陷在雪里出不来。最后过来的是斯特拉利乌斯，同时还有一道光在他身后打着旋儿消失了。

“快！”巫师喊道，试图让自己的声音超过寒风的呼啸声，“到这边来！”

严寒冻得人脸生疼。为了不走散，大家手牵着手，都尽量把自己裹得严严实实，紧紧跟在巫师身后，艰难地辨认能下脚的地方。大家吃力地走到了一个石坡前，过了石坡后风稍微小了一点，大伙儿跟着巫师一直走到一个山洞的入口。

“快，依次进到里面去，不然咱们就冻僵了。”斯特拉利乌斯命令道。

一进去，黑暗就像一张温暖的被子裹住了他们。

巫师不得不弓着身子才能进来，他抖掉斗篷上的雪，轻轻晃了晃魔杖，一道光闪过，洞穴中央升起了一堆火。巫师回头看了一眼说：“暴风雪掩盖了我们的足迹……我们现在安全了。”

借着火光，能看到洞穴里有一小堆柴火和几件简单的家具。

“这个地方有人住吗？”莱古路斯问。

“曾经有人住，不过是很久之前，现在已经废弃了，没有人知道它的存在。在上次探路的时候我准备了这些柴火，我估计我们一到这里就用得上。”

大家都围坐在火堆前取暖，过了好一会儿才开始说话。

“那么以前是什么人住在这里？”丝碧卡看了看寒酸的床问。

“是土匪。” 斯特拉利乌斯说。

“他们怎么能忍受这么冷的天气？” 莱古路斯打了个喷嚏，难以置信地问。

“也并不是天天都有暴风雪，再说有些生物并不讨厌寒冷。大自然自有方法应对任何环境。以前，连接两个世界的魔法门还在使用的时候，通往森林王国的路上有很多商队，这里曾是一个土匪窝。那个魔法门在森林王国里已经找不到任何痕迹了，不过在这边还有残留的废墟，就在我们出现的那个地方附近。人们把它叫作三焰魔法门，因为在它的顶部有三支一直燃烧的火把。矮人们在战败之后把它封闭了，算是为了阻止黑暗军团继续侵略做出的最后一个英勇的尝试。”

“只是他们没有成功……” 罗比尼娅心酸地说。

“其实一开始是成功了的。他们拖延了你们森林王国被占领的时间……是在很久之后，女巫才掌握了开启魔镜的方法，使得她们能够不通过魔法门，就可以从一个王国进入另一个王国。” 斯特拉利乌斯说。

大家沉默了一阵，随后翁布罗若问：“那么用来做空心骑士铠甲的艾斯培里奥就是这里产的吗？”

“没错。”

“可是为什么矮人要为女巫服务？”丝碧卡难以置信地问。

“你认为他们有选择吗？” 罗比尼娅沙哑着嗓子打断了丝碧卡，“在木料厂工作的森林精灵也没有选择。”

丝碧卡抱歉地点了点头：“嗯，你说得没错，对不起。不过锯木头是一回事，制造具有魔力的铠甲又是另外一回事……”

“他们是被逼的，丝碧卡。他们能活着的唯一原因只有一个，就是他们的手艺。这里有独一无二的艾斯培里奥和唯一能锻造它们，并把魔法注入它们的人。” 斯特拉利乌斯说。

“所以我们必须解放这个王国，中断艾斯培里奥的供应。”翁布罗若说，“只有这样我们才能够削弱女巫的军队。”

“对，”斯特拉利乌斯说，“空心骑士是我们最大的威胁，就是因为他们不能被打倒。黑女王可能已经知道了你的剑是唯一能够打败他们的兵器，不用多久她就会发现铠甲的弱点，再用一个新的魔法把它变成真的不可战胜。所以，我们首先必须阻止她们锻造出更加危险的新铠甲，不让她们得到原材料。然后我们要长驱直入女巫王国，越过悲叹河，打败黑女王。”斯特拉利乌斯的声音消失在一片沉默中。

“有人去过那里吗？她的……宫殿。”翁布罗若问。

火光在斯特拉利乌斯的眼睛里跳动。“很多人。但没有一个回来。”巫师回答。此时，呜呜的风声在山洞中回响，如同一声声刺耳的警告。

第二天暴风雪仍然肆虐着。大家围坐在火堆旁，裹在斗篷里讨论即将遇到的危险和挑战。

巫师沉浸在自己的思绪里，看起来比平时沉默寡言了许多。突然他起身来到火堆前，施展出一个神奇的魔法。只见柴灰里出现了一些图形，炽热的线条开始在火焰的高温中颤动着，勾勒出一张矮人王国的地图。一条穿梭在山间的蜿蜒的路慢慢显现出来，路的两旁有一些瞭望塔，斯特拉利乌斯管这些叫哨岗。再往东是美岩城，往南是艾斯培里奥矿山。

“你们看到的路就是‘沉默之路’，”斯特拉利乌斯说，“在走这条路的时候我们必须非常小心，不能被白天巡视山头的秃鹰发现。”

“秃鹰？”丝碧卡问。

“是的。当矮人王国被占领时，秃鹰和黑暗军团结成了联盟。它们的视力非常好，可以看到我们，并且报告给女巫。同时它们也非常危险，因为和所有矮人王国的土著动物一样，它们保持着自己本来的大小，所以对矮人来说非常巨大，对其他穿过魔法门的人来说也是如此，因为进入这里的人都被仙女的魔法变小了。”

“秃鹰是用来监视矮人的吗？”翁布罗若问。

“是的，但主要是用来运输艾斯培里奥。艾斯培里奥一从矿山里开采出来，就会被装进特定的矿车里面，绑在秃鹰的爪子上。秃鹰带着矿车飞到凿子镇，在那里进行锻造。曾经它们是矮人的坐骑，但现在它们已经和敌人结盟了，非常危……”斯特拉利乌斯突然停下来，转向洞口。一个微弱的声音吸引了他的注意。

在寂静中，这声音又叫了一次。突然，一张巨大的雪貂的脸出现在了洞口，鼻子不停朝里面嗅来嗅去。小火柴发出一声低吼，一股绿火从鼻孔喷出，翁布罗若和其他人的手已经放在武器上，这个时候他们方才意识到，自己已经变小了。

但斯特拉利乌斯伸出手阻止了他们：“不要轻举妄动！”

雪貂喘着气，用它亮晶晶的大眼睛观察着他们，接着它小心翼翼地钻了进来，微露牙齿显出一副防备的表情。

这时它后面出现了一个带着尖帽子的身影。

“别叫，莫儿！”一个低沉的声音说。

雪貂立刻安静下来，抬起头上上下下打量起几个少年来，然后舔了舔爪子。

“我已经是用最快的速度赶来了，巫师！暴风雪这么大我还担心你们会迷路呢……”

斯特拉利乌斯狡猾地笑了笑。

“很高兴有人及时收到我的传信；能看到你，我更加高兴。如果没记错你就是小阿达玛斯吧？你和你父亲长得一模一样！你好吗？你的父亲好吗？”

“你猜对了，巫师，我就是阿达玛斯。我爸爸他……去年冬天过世了。他等了你很久……”矮人难过地说。

“真是遗憾……”斯特拉利乌斯悲伤地闭了上眼睛，似乎想隐藏听到这个消息时的心痛。“来火边暖一暖。我们需要你的帮助。至少得告诉我上次我离开后这里发生了什么……”

孩子们面面相觑。只见那个矮人走到火堆前，露出一张被冻得泛红的坚毅的脸，一双石头色的眼睛，棕褐色的短头发从帽子边缘露出来，垂到厚厚的夹克的毛领上。矮人如释重负地舒了口气，走近火堆。接着他转过身对其他人说：“如果可以的话，我想说欢迎来到这个石头和白雪的王国，不过相信我，现在没有几个到这里来的人会觉得高兴。”

翁布罗若礼貌地回答：“谢谢。我很荣幸来到矮人王国。”

矮人微微一笑。他很年轻，但还是比他们大一点。他三下两下抹去了胡子上的雪，来到了火堆前坐到了大家中间。

“那么现在你就是美岩城新的铸剑大师？”斯特拉利乌斯说。

“是的，”矮人点点头，“如果还算铸剑大师的话。自从美岩城被邪妖们和它们的头目‘冷血’控制后，大师们就没多大用处了，除了检查铠甲做得好不好以外。”随后他换了轻快的语气说：“好了，我得说我早就迫不及待地想离开美岩城到这里来了。”

“为什么？”莱古路斯问。

“因为我是铸剑师啊，我的石头哟！我一听说这世界上有一把能够打败空心骑士的剑……我就激动得睡不着觉！”

翁布罗若脸一红，手在“毒药”的剑柄上摸了摸，似乎想让它平静下来。

“我可以看看它吗？”矮人问。

翁布罗若迟疑片刻，点点头，把“毒药”从皮带上取了下来，递给了阿达玛斯。

第四章 “毒药”的秘密

火苗噼噼啪啪燃烧着，小火柴溜到暗处，爬上岩石，跑去捉什么东西去了。留下四个精灵，一个矮人和一个巫师，坐在火边讨论他们将要面临的命运。

阿达玛斯恭敬地从翁布罗若手中接过了剑。

剑身反射着金色的火光，阿达玛斯把剑转过来指向自己，认认真真地打量着，欣赏着。

“这把剑相当匀称，即使表面上看起来有些单薄……似乎已经用了很久了，单凭眼睛看的话我可以说……剑上没有施加魔法。这倒奇怪了！还有这个是怎么来的，这个绿色的光……啊呀！” 他突然大叫一声，只见摸过剑的厚厚的皮手套，已经开始被腐蚀。

“小心，这剑有毒。”翁布罗若说。

“是大蝎子的毒。”莱古路斯说，想起不久前翁布罗若打败那怪物的经过，他还是忍不住打了个寒战。

阿达玛斯把剑还给翁布罗若：“现在我知道了，显然你是唯一一个能够拿着这把剑而不中毒的人。”

“可以这么说。”罗比尼娅说。

阿达玛斯看了看斯特拉利乌斯，两人交换了一个眼神。

“好吧，我错了。这剑上还是有一个魔法的，只是没有施放在剑身上。”

莱古路斯叹了口气说：“嗯，或许是仙女的魔法吧。说到底是弗洛莉迪娅娜指引我们找到这把剑。”

“哦，不，不是！”阿达玛斯说，又看了一眼斯特拉利乌斯。

“那是什么魔法？”翁布罗若问，有些急了。

“你说吧。”巫师说。

阿达玛斯点了点头：“注意，我只是推测。这个世界上只有一个民族可以锻造这种剑。那个民族非常古老，已经消失了很久很久，甚至连最年长的矮人都不太记得他们的事情了。根据我们的故事记载，这个民族能打造出只认一个主人的剑，剑的命运和主人的命运紧紧结合在一起。”

“命运之剑。”斯特拉利乌斯说。

阿达玛斯点点头：“我猜你也或多或少地中了那只蝎子的毒。”

“我的手和胳膊沾到了毒液。”翁布罗若承认。

“剑也遭遇了同样的命运。”矮人继续说，“毒液流经了它但没有腐蚀它。另外，这剑是用一种非常特别的钢打造的，剑刃吸收了毒液的特性，变得更强，换句话说，你也变得更强了。”

“多亏了这把剑我才能打败空心骑士。”翁布罗若点点头。

“这表示你和这把剑被一种特殊的联系绑在了一起。我想，如果这真的是一把命运之剑，假如你受了重伤，剑会裂开，而如果你被杀的话……传说剑也会变成碎片，就像你的生命一样。”

矮人的话音落了下去，山洞中一片沉默。

小火柴一边哼着一边回到火堆前，嘴里嘎吱嘎吱地啃着什么烧焦了的东西。

“据说曾经的玫瑰骑士，也就是命运之剑的唯一主人，是非常厉害的战士，因为他们的兵器非常厉害。”矮人说，眼睛紧紧盯着翁布罗若，“但是我认为他们的兵器之所以厉害正是因为剑主人的伟大。你拥有一把命运之剑，是非常幸运的。”

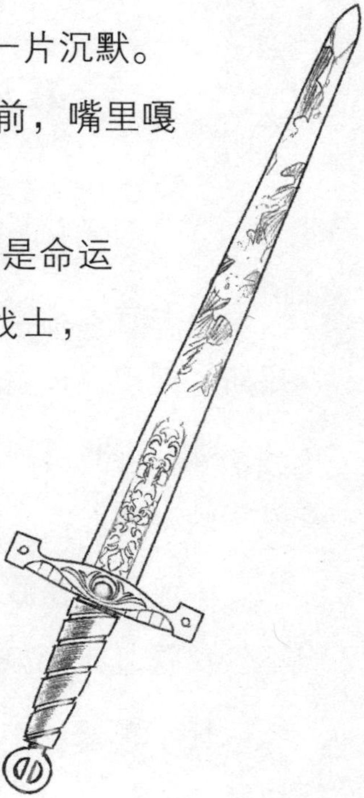

像是对主人的话表示肯定，莫儿喘着气，转了转小耳朵。

第五章　被遗忘的门

关于命运之剑翁布罗若还有一千个问题想问阿达玛斯。但现在还有其他问题要讨论。

斯特拉利乌斯向矮人询问起关于黑暗军团和这个王国的事情。

“现在摆在我们面前的问题嘛，你们也看到了，不仅仅是赶走邪妖和它们的头头。”阿达玛斯叹了口气，抓了抓头，沮丧地说，“真正的问题是黑女王的权杖……”

“黑女王的权杖？”罗比尼娅问。

“据说在很多年前，黑女王命人打造了一根权杖。这件事我们也是最近才知道的，而且知道得不多。据说权杖可以让人产生梦魇，控制人的思想。奥尔多克拉西奥和奥尔蕾布兰达找到了一个旧箱子，制造箱子的人在上面留下了一些信息。”

斯特拉利乌斯想了想，沉着脸说：“应该就是利用这个权杖，黑女王才改变了石头钥匙上的魔法，开启了魔镜。”

“我们担心的是，事实可能会比这个更糟。如果她知道了怎样利用权杖的隐藏魔力，那就再也没有什么能阻止她打败仙女了……到了那一天幻想王国将全部沦陷……”阿达玛斯说。

“我们必须毁掉权杖……”翁布罗若说。

“有那么容易吗？”矮人叹了口气，“别的先不说，首先我们得找到它，谁知道它被藏在女巫王国哪个旮旯里。而且就算找到了，要毁灭它也并不容易。”

“说得没错……那我们该怎么做？”莱古路斯问。

“我们现在还不知道，但是奥尔多克拉西奥、奥尔蕾布兰达和苏尔福正在搜集信息。”矮人耸了耸肩膀，“所以我得先带你们进城去。”

“奥尔多克拉西奥、奥尔蕾布兰达，还有苏尔福是谁？” 罗比尼娅问，这些名字在她听来很奇怪。

“哦，不好意思，苏尔福是熔炼长老，奥尔多克拉西奥是凿刻长老，奥尔蕾布兰达是他的妻子。反正你们很快就会认识的。”

“要到达女巫王国很困难。” 翁布罗若说着，陷入了沉思。

“但至少我们知道该怎么做。” 巫师接过话，“跟着黑暗军团进攻路线的反方向走就对了。”

“那么首先我们要做的就是找到黑暗军团到达这里时使用的那个魔法门……也就是人们所说的‘被遗忘的门’，是吗？” 丝碧卡问。

巫师抬起了眼睛：“是的。如果没记错的话，它应该就在穿越希望之山的黑暗之路的尽头。我不知道那扇门通向哪一个王国，但可以确定的是那个王国已经被征服了，或许是一个死国。”

阿达玛斯点点头：“很可能是这样。新一代的矮人里没人见过那扇魔法门……因此它才被叫作‘被遗忘的门’。也没有人听说过门另一边的人的故事，有人说在女巫到达之前那个王国就已经不存在了，也有人说是女巫来到我们这儿之前毁灭了那里的一切……”矮人沉默了一会儿，最后耸了耸肩说：“现在我的任务就是带你们去见几位长老。”

“我们要怎么进城才不会被发现？”斯特拉利乌斯问。

“城墙下有一个秘密通道。这个秘密通道就连邪妖也不知道。我就是从那里出来的。不过一旦进了城，就得非常小心，不能被街上巡逻的士兵发现。城里到处都是邪妖，我没办法把你们乔装成矮人，就算是带着尖帽子的矮人都不行。”

几个年轻人不得不承认他说得没错：他们比矮人瘦得多，而且，虽然在通过魔法门的时候变小了，他们也还是比带着尖帽子的矮人要高！

暴风雪还没过去，大家决定先休息一下。

第六章　沉默之路

暴风雪又下了一天，孩子们和阿达玛斯还有他的雪貂莫儿渐渐熟络起来。这位年轻的铸剑长老简直就是一本关于矮人王国和美岩城的活字典。

风开始变小了，又一个夜晚降临了，大家依偎在火堆边，一个个进入了梦乡。

这时斯特拉利乌斯决定问阿达玛斯一些在他心头萦绕已久的问题。他察觉到东北大雪山之外遥远的巨人山上有一些奇怪的动静。

“我知道的比您多不了多少，巫师。”阿达玛斯摇摇头说，“邪妖们从不跟我们说他们的计划。即使我们长着长耳朵，也没办法得到我们想要的所有信息。我只知道他们在旧路遇到了点麻烦。你在担心什么东西吗？”

“是的……或者说是担心某个人。我在探路的时候发现，有人在我之前穿过了魔镜，并且还杀死了两个守卫的邪妖……” 他摇摇头，眼睛望着暗处，又说，“现在你先睡会儿，我的朋友。我和莫儿来守夜。我看暴风雪越来越小，或许明天我们就可以离开这里了。”

阿达玛斯点点头，枕着一块石头，不一会儿就睡着了。

斯特拉利乌斯友好地拍了拍雪貂的鼻子。“是的，明天我们就可以离开这里了……”他叹了口气，有些心烦意乱。

第二天早上天还没亮大伙儿就醒了，外面静悄悄的。

“暴风雪停了！”莱古路斯喊道。他朝出口走去，看到一线蓝蓝的天空。

“那我们就可以出发了。”丝碧卡说，她微笑着拿起早餐的杯子，享受着杯中冒出来的热乎乎的香气。

“斯特拉利乌斯呢？”翁布罗若问，他发现巫师和雪貂都不在洞里。

“探路去了，和莫儿一起的。”矮人回答，“我们得等他们回来。”

大家收拾好行李，坐下来等斯特拉利乌斯，渐渐等得不耐烦了，这时阿达玛斯喊道：“回来了！”

大家竖起耳朵，什么都没听到。

“我什么都没听见……你怎么知道他们回来了？”莱古路斯问。

“这个嘛，打我出生就生活在大雪中，

雪里每一个轻微的声响，对我来说都是一个信息。”

还没等他说完，莫儿的脸就出现在了洞口。斯特拉利乌斯弓起身子，从雪貂背上下来跟大家打了个招呼，但他的脸色阴沉沉的。

“怎样？” 矮人抢在孩子们前面问道。

“你说的没错。一些旧瞭望塔，也就是沉默之路两边的哨岗，被摄魂蛇占领了。我们必须非常小心。”

“摄魂蛇？” 丝碧卡不解地问。

“摄魂蛇是一种生活在雪地里的蛇，非常危险。它们能够把所有靠近自己的人变成冰，然后杀掉……不过现在我们得出发了。”

“我带来了雪鞋。”阿达玛斯说。

“即使有雪鞋我们还是会在雪地上留下痕迹。”翁布罗若说。

“哦，不用担心……你们觉得我为什么要带上莫儿呢？”

“赶路轻松点儿？”莱古路斯猜。

“可以取暖？”罗比尼娅说。

阿达玛斯笑了起来：“你们俩都说得没错！不过还因为莫儿有一条神奇的尾巴，可以把雪地上的痕迹都扫掉！在女巫来这里之前，我们矮人王国没有人骑雪貂，都是飞来飞去。”

“骑着秃鹰吗？”翁布罗若问。

“没错。但是现在秃鹰投靠了邪妖。也许是被施了魔法，谁知道呢……总之它们背叛了我们。在被征服前的最后几场战斗中莫儿的曾祖父受了伤，受到了我们矮人的秘密照料：就是从那时候开始我们建立了起了这样亲密的友谊。不过我们一直是把它藏起来的，这样对大家都好。那么一会儿呢，雪地上留下的就只有雪貂的足迹。”阿达玛斯笑着朝莫儿挤了挤眼睛，“这样就不会引起怀疑了。”

“非常好。”斯特拉利乌斯说，“我先打头，你们几个孩子跟着我走过去，注意要保持一路纵队。把小火柴装到行李里，雪对它没有好处，而且现在也不是让它跑东跑西的时候……阿达玛斯，你骑着莫儿在队伍最后，扫掉我们的足迹。”

“好，我也是这么想的。”矮人说，“这样最好。”

洞穴外面的世界美丽而耀眼。柳叶刀山的岩峰高耸入云，比起别的山来显得更加雄伟，也更加陡峭和

危险。山脉一直绵延到眼睛看不到的地方。

按照斯特拉利乌斯和阿达玛斯的指示，队伍迈上了一条通往沉默之路的小路，把已经被巫师封住的魔镜远远抛在了身后。刚落下不久的白雪覆盖了地面上的一切，似乎想阻止他们前进。虽然有雪鞋，大伙儿的步子还是缓慢又艰难，刺骨的寒冷使前进更加困难。

过了一会儿，地平线上出现了哨岗的轮廓。

曾经这些哨岗总是亮着火光，阿达玛斯告诉过他们，火光是用来指引旅行的人的，即使在一年中最糟糕的几天里也是一样：矮人王国的人是非常热情好客的……

然而现在，火光不在了，看起来女巫并不像矮人一样喜欢客人。

快到中午的时候，他们到达了沉默之路，这条路蜿蜒曲折地穿梭在大山的岩石之间。大伙儿停了下来，估摸了一下情况，如果继续按照现在的速度走的话，到达美岩城应该是晚上。

古老的哨岗在一片静谧中高高矗立着。丝碧卡被眼前雄伟的建筑深深迷住了。

翁布罗若慢慢走到巫师身边，巫师瞪着严肃的蓝眼睛正专注地观察着地形。

“美岩城就在这些大山的后面。”斯特拉利乌斯说着，朝快步小跑过来的阿达玛斯点了点头。

“这条路危险吗？”翁布罗若问。

“这得看我们会不会遇到摄魂蛇了。”斯特拉利乌斯回答。

“你看到它们了吗？”矮人问。

“至少三条。”

翁布罗若一条也没看到，他眯起眼睛想看得更仔细一点，矮人也认认真真打量了周围一遍，问道：“在哪儿呢？”

“那里……你看到雪地上那条像是沉下去的线了没？摄魂蛇刚刚从那里游过。”斯特拉利乌斯说。

“哦，是的，要是看到他们白色的头从雪地上立起来那就晚了，因为你已经在他们的攻击范围内了。”阿达玛斯说，“它会把你冻成冰块，慢慢吸食你的生命，最后只剩下一堆白骨。”

翁布罗若不禁打了个寒战，接着他看到雪地里的一道亮光，三条摄魂蛇他看见了两条。一条离他们要经过的地方比较远，但另一条正快速朝着路口游过去。就在翁布罗若看着它的时候，那条摄魂蛇停在了那里，一动不动地开始等待猎物，好像知道有人会从那里经过一样。

“用不了多久它就会离开去巡逻，它一走远我们就下去，两个人一组：那里的路又陡又窄，我们很容易被发现。一到达沉默之路，就往最近的哨岗走。”阿达玛斯提议。

斯特拉利乌斯摇摇头：“不！一个跟你下去，一个跟着我，然后我们再回来接另外两个。”

“这样用的时间太长了！”阿达玛斯不同意，“而且你看那个女孩，”他指着不停打着寒战的罗比尼娅，“在这样的寒冷中她坚持不了多久。”

“但是除了我们之外再没有人能够看到摄魂

蛇。”斯特拉利乌斯说。

翁布罗若犹豫了一下，说：“我……我想我也能看见，至少两条。”

两双惊讶的眼睛难以置信地看着他，最后阿达玛斯点了点头：“如果你想拯救所有人，这个少年是唯一的希望，巫师。”

斯特拉利乌斯摇摇头，走到罗比尼娅身边跟她说了几句话，用手在她的额头上摸了摸，沉着脸回来了。“你说得对，她的情况很不好……那好吧，我带丝碧卡。阿达玛斯，你照顾罗比尼娅，你们两个先下去。让莫儿驮着她是目前唯一的方法。她的腿已经支撑不了多久了。然后是两个男孩，我和丝碧卡殿后。”说完斯特拉利乌斯看了看翁布罗若。

“我和莱古路斯没问题。” 翁布罗若坚定地点点头。

“但愿如此，孩子。我不希望自己为这个决定后悔。”

翁布罗若吞了吞口水，又看了一眼前方的路和路上的摄魂蛇。

这时靠近路边的那条摄魂蛇快速游动起来，去巡逻了。阿达玛斯和其他人交换了一个眼色，拉了拉莫儿身上的皮缰绳。

莫儿驼着罗比尼娅和矮人，气喘吁吁地出发了，它飞快地跳到雪地里，敏捷的身影画出一条长线。很快他们就抵达了哨岗，藏到废墟的后面去了。

“赶紧，你们两个！”斯特拉利乌斯命令道。

两个少年迅速跳了出去。

道路非常陡，莱古路斯差点儿滚了下去，翁布罗若滑行了一段距离下到了雪地里。两人跟上罗比尼娅和阿达玛斯，刚好赶在摄魂蛇巡逻回来的前一刻藏到了哨岗的后面。他们回过头，就等最后两个人了。摄

魂蛇从雪底下游回了之前的位置，路的入口处……只是，它的头从雪地里抬了起来，似乎发现了什么。

“小心！”阿达玛斯低声说，“它发现有人从这里经过了。”

“它怎么知道？”莱古路斯问，担心起妹妹来，即使知道丝碧卡是跟斯特拉利乌斯一起。

“它是大山的动物，兴许是听到了雪的声音。”

“那现在会怎样？” 翁布罗若问，眼睛一刻也没有离开丝碧卡他们所在的山坡。

“可能就在那儿守着，或许要守好几个小时。”

“糟糕……”莱古路斯嘀咕了一声，看了看罗比尼娅，她的脸像大理石一样苍白。

“我看不到它了！它去哪了？” 突然翁布罗若喊道，拼命在雪底下寻找那个怪物的身影，雪在月光的照耀下闪烁着光芒。

过了几秒他才看到那个长长的身影。又过了几秒他终于明白发生了什么……已经太晚了。刚刚还在呼呼喘气的莫儿突然安静了。

“哦，不！”阿达玛斯脸色唰的一下白了，只见摄魂蛇朝着哨岗游了过来，它的目标是罗比尼娅！

矮人的手按着腰带，那里面放着弹弓的子弹。

但他很快意识到他不能用弹弓，因为莫儿和罗比尼娅挡住了他的视线。

翁布罗若也很快看清了形势，距离太远了，没法用“毒药”。

莱古路斯正准备动手，阿达玛斯阻止了他：“不要轻举妄动，除非你想让它提前发动袭击。”

莱古路斯呆住了，一股突如其来的绝望向他袭来。

罗比尼娅的眼神渐渐变得呆滞起来，她和莫儿都被摄魂蛇那玻璃般的魅惑的眼睛给牢牢吸住了。

就在罗比尼娅和莫儿命悬一线之时，“嗖”的一声，一支箭从翁布罗若和阿达玛斯中间穿过，准确无误地射中了那怪物。一股浅蓝色的血喷溅而出，紧接着莫儿叫了出来，往后跳了一步。

罗比尼娅呻吟一声，倒在了雪地里。

翁布罗若连忙转过身，看到两个身影朝他们跑了

过来。他的目光遇到了丝碧卡的目光，她的弓在太阳的照耀下熠熠生辉。斯特拉利乌斯和莱古路斯来到罗比尼娅跟前，蹲了下去。阿达玛斯摸了摸莫儿的鼻子。

翁布罗若朝丝碧卡微笑道：“刚才谢谢你。”“我很怕自己射不中。”丝碧卡说，终于松了口气。

“你射得很准。”阿达玛斯说。他在雪地里面发现了已经死掉的摄魂蛇，指给大家看：这怪物是一条黏糊糊的白色长蛇，长着四只萎缩得厉害的小爪子。阿达玛斯把它卷起来放到口袋里。

“你准备拿它做什么？”

“蛇皮可以做隐身斗篷；眼睛可以用来做治疗冻伤的糖浆。”

“这对罗比尼娅有用。”莱古路斯说。

他把没有一点儿力气的罗比尼娅扶到了莫儿的背上。

“我没事。”罗比尼娅气若游丝地说，“只是很困……”她的嘴唇冻得发紫，一缕卷发垂到了额前。

斯特拉利乌斯担心地摇了摇头。

“她快冻僵了……需要烤火才行。”

阿达玛斯拿起罗比尼娅的雪鞋，叹了口气说：“我们得赶快，时间紧迫。必须尽快到达美岩城。”

奴隶之城

第七章　高墙之内

幸亏后面的路上不再有摄魂蛇把守，并不是十分困难。

夜晚来得很突然，空气立刻变得寒冷刺骨。突然，在一个陡峭的山坡上，美岩城的黑色轮廓出现了。在提灯昏暗的光下依稀可见巨大的城市外环绕着围墙和低矮的塔楼，孩子们惊讶地张大了嘴巴。

很快城市近了，只见黑暗军团的军旗在塔楼上飘动，尖尖的岩石包围着美岩城，如同一顶皇冠。为了躲避巡逻的邪妖，阿达玛斯带着大家沿着墙脚根儿走。城市的形状和城市所在的不规则的石头山完全契合，围墙看起来像是岩石的延伸：由形状完美的巨石一个嵌一个建造而成，看起来坚不可摧。

一行人悄悄地来到了一块熊形石头底下，从熊的爪子下走了过去。“过了这里就安全了。”阿达玛斯如释重负地舒了口气，斯特拉利乌斯看了看罗比尼娅，她的呼吸已经很弱，让人不禁怀疑她是不是还活着。阿达玛斯迅速而小心地在雪堆里打开一条缝隙，伸进半只胳膊去，拉了拉一根杠杆：一个微弱的声音响起，接着是石头磨着石头的喀喀声。

忽然，岩石墙沉入了地表，一个入口像张开的嘴巴一样出现在了他们面前。斯特拉利乌斯之前并不知道这条通道，看见孩子们吃惊的表情，他笑道：“矮人们总是最好的工程师……”

“你可以大声点说。”阿达玛斯得意地说，快步走了进去。

莫儿也钻进了密道，很快孩子们也

跟了上去。在他们眼前，城市之下的，是一个天然洞穴，洞内是一个用地道和梯子连接起来的庞大网络。

莫儿在其中一个山洞里停了下来，一个长着大胡子，有点瘸腿，年纪比较大的矮人迎了出来，帮着阿达玛斯照顾罗比尼娅。一群雪貂昂起头欢迎他们的到来。一些厚厚的帘子遮住了不同通道的入口，帘子下露出几张小脸，好奇地打量着这些新来的人。

斯特拉利乌斯抱着罗比尼娅消失在了黑暗中，阿达玛斯折回来，从莫儿背上取下了鞍，忙着照顾它。

“他们把她带到哪儿去了？”莱古路斯着急地问。

“不用担心，现在她会得到很好的照顾。一会儿我们就到铁甲长老鲁提路斯家去，他和医疗长老古普鲁是邻居。”阿达玛斯说，“这里是你们最好的藏身之处。”

“这些地道通向哪里？”莱古路斯问。

“城里。一些直接通到家里。都是自然形成的洞穴，被流水冲出来的。美岩城刚建立的时候，我们都没想到有一天这地方会成为我们的藏身之处。”阿达玛斯说，“现在我们把这里当成逃生的路，也用来养雪貂。”

“那么没有人看到我们进城吗？”翁布罗若有点惊讶。

“没错。”斯特拉利乌斯说，“现在跟我来，你们需要休息。”

筋疲力尽的，快冻僵了的孩子们跟在他后面，消失在了黑暗中。阿达玛斯一个人留了下来陪莫儿。“精灵，甚至还有一把命运之剑……谁会想到？！”

第八章　暗号

前一天发生的事情中很多翁布罗若都不记得了，只感觉美岩城下迫近的危险和黑暗的洞穴吞没了他。但首当其冲的是寒冷，冷到几乎不能感觉到自己的双腿和双手……

他突然惊醒，坐了起来。这是一个小房间，天花板很低，巨大的拱顶上装饰着几何图案。

唯一的一扇小窗户紧闭着，用钉子钉上了，一丝微弱的光透了进来。他还记得前一天晚上，那个叫鲁提路斯的矮人，浓密的灰白胡子，眼睛有细细的皱纹，戴着红帽子，帽子上有深色的刺绣，给他打开了这个房间的门，带着歉意说：“对不起，但我们必须关上窗户，不然邪妖可能看见你们。”说完他出去了，把翁布罗若一个人留在这里。

翁布罗若不知道现在还是不是晚上，只有肚子发出的咕咕声告诉他应该是起床的时间了。这时走廊上传来响动，有东西在挠门，他站起来，快速穿上衣服，打开了门。

小火柴一头扎了进来，差点摔倒。

“喔，是你！”翁布罗若说着弯下腰去，亲切地抚摸着它长着羽毛的小脑袋。

“看起来你已经恢复了……罗比尼娅怎么样了？”

小羽龙叫了一声，抓住他的长衫，把他往走廊上拽。

“好，我明白了，我这就来！”翁布罗若一边说一边离开了房间。

第八章　暗号

铁甲长老的家很大，但大部分房间都是关着的。

翁布罗若用了至少十分钟才走到起居室，这里非常舒适、温暖、明亮。

他听到一扇虚掩的门后面有说话的声音，过去一看，原来是莱古路斯和丝碧卡正在聊天。

“早啊，大家都还好吗？”翁布罗若说。

“非常好！”莱古路斯愉快地说。

“罗比尼娅呢？”翁布罗若问。

“她很好，不过要再过几天才能完全恢复。多亏了医疗长老古普鲁，还有鲁提路斯。昨天晚上那堆乱七八糟的东西让我们恢复了体力……难吃是难吃，倒还挺有用！罗比尼娅要喝用摄魂蛇眼睛做成的糖浆，还要喝两天。”莱古路斯做了个恶心的表情说。

“你想去看看她吗？”丝碧卡问。

翁布罗若点点头。“你们醒来多久了？”他问。丝碧卡抓着他胳膊领他往外走，莱古路斯也慢吞吞地站了起来。

“喔，今天早上很早的时候……你知道，我睡眠很浅。莱古路斯太饿了，是他的肚子把他叫醒的！”

丝碧卡敲了敲一个房间的门。门开得太快，小火柴来不及准备就跳了进去，撞到了鲁提路斯。

“讨厌的小东西！”鲁提路斯说，“要好好学着点规矩！”

“对不起。”丝碧卡脸红地说，“我们想看看罗比尼娅。”

鲁提路斯让几个孩子进去了，一边走一边嘀咕：“算了，那应该是只有森林王国才有的龙的亚种……”

三人来到罗比尼娅床边，罗比尼娅已经能够坐起来了，她微笑着一边抚摸小火柴一边不让它到处乱跑。看到罗比尼娅的情况，大家都很开心。

“他们喂我吃了超级难吃的东西……”罗比尼娅抱怨道。

莱古路斯嘿嘿一笑，丝碧卡用手肘戳了戳他，对罗比尼娅说：“我们的梅洛普奶奶总是说：良药苦口！”

“这药的确神奇！”

“很好。”翁布罗若说，“看起来喝了药你的确暖和些了！你知道你把我们都吓坏了吗？”

“对不起，让你们担心了。”罗比尼娅尴尬地说，“现在我好多了，你们怎么样？”

“我们很好，只是我哥哥几乎整个晚上都没有睡觉！”丝碧卡说。

“没错。”莱古路斯叹了口气说，“我的腿实在太痛了，动都动不了！甚至躺在床上都没法儿翻身。被冻惨了的人可不止你一个！”

“但是现在它们能动啊！”罗比尼娅隔着厚厚的被子，摸着他的腿不无遗憾地说。

“是能动，但走路还是很辛苦。”莱古路斯反驳。

就这样，大家都好像忘记了自己身处在一个被占领的城市的中心，有说有笑起来，能重新在一起大伙儿都感到特别开心，就这样几个小时过去了。

鲁提路斯拿着食物回来了，大家终于填饱了肚子。问起斯特拉利乌斯去哪儿时，鲁提路斯说他去了议事厅内已经废弃了多年的老图书馆。然后，鲁提路斯好奇而礼貌地问起了森林王国的事：“他们真的把它从女巫手中解放出来了？怎么做到的？”

他们刚开了个头，走廊里突然传来门铃声，鲁提路斯跳了起来。

“发生了什么事？”翁布罗若问。

“门外有人。”鲁提路斯紧张地说，“你们留在这里，我去看看是谁。”

大家竖起耳朵，什么也没听到。接着是鲁提路斯回来的脚步声。

门开了，鲁提路斯笑着走进来。“不要怕，是小朵尔玛丽娜送了一小碗五味汤给我。小孩子们给我送点吃的，邪妖也不会说什么。”他窃笑道，“我这么老的人……没人会想到我们用这种方法交换信息。”

“交换信息？”罗比尼娅问。

小火柴喷出一股淡绿色的小火，也认真地用小眼睛看着矮人。

“我向你们保证，没有比在自己家里当囚犯更可悲的了。邪妖不准我们外出，不准我们见面和集会，因为害怕我们造反。但矮人之间怎么可能不交流！”

他一边说一边把碗里的东西倒到了壁炉里。壁炉里发出噼啪声，一股烧焦的卷心菜味儿弥漫了整个房间，但壁炉里面的火没有熄灭，反而有几秒钟的时间，呈现出耀眼的蓝色。

孩子们惊讶地张大了嘴巴。

“但是……你的汤……”罗比尼娅结结巴巴地说。

矮人大笑起来。“哦，我的大雪哟，五味汤是世界上最难吃的东西了！再说这汤不是用来喝的，只是为了传递信息，就像你们看到的那样。”

翁布罗若问：“汤……是一个暗号？”

“没错，我瘦不拉叽的精灵兄弟！如果像我们这样一直被监视，就必须动动脑筋。美岩城有东西是邪妖不知道的。”他骄傲地说，“好了，暗号就是五味汤，小木碗，蓝色的火焰。”说罢咧嘴一笑。

大伙儿更加惊讶了。

“也就是……？”莱古路斯不解地问。

“五味汤代表聚会，你们知道它是用五种食材做成的，所以我们用它来指代五位长老，小木碗的意思是圆房间，也就是这里的铁匠铺，在我家的中间。”

“蓝色的火焰呢？”

“蓝色代表今天晚上。如果是红色就代表明天，黄色则是后天。你们觉得邪妖会明白其中含义吗？不，事实上凿刻长老的孩子们拿着汤在城里到处走。它们也不会怀疑什么……尤其是可怜的奥尔蕾布兰达

被迫去老酒馆帮他们做饭之后。”他一边敲着木碗一边说，“这样很好，我得开始准备了。他们很快就到！”

“我可以帮忙吗？”丝碧卡问。

“别开玩笑，小姑娘！你们是我的客人，在矮人家里，我们是决不会让客人干活的！我打赌你们还有很多事要聊！”鲁提路斯笑着说，朝他们挤了挤眼睛出去了，心里计划着该用他厨房里不多的存货做点什么菜。

鲁提路斯说得没错。翁布罗若、丝碧卡、莱古路斯和罗比尼娅的确有很多话要说，但是，矮人走出去后，大家却不约而同地沉默了。

“真奇怪。”最后罗比尼娅说，不解地看着同伴们。

翁布罗若叹了口气。这里的矮人们有着骄傲刚烈的性格，却被迫困在难以逃脱的牢笼里，但是他们从没有投降。

这次是丝碧卡打破了沉默，她问：“你们认为今天晚上斯特拉利乌斯会来吗？”

“当然！你没听见吗，会有一个大聚会。”莱古路斯说。

翁布罗若点点头：“我想知道他去老图书馆是为了找什么？”

“可能是关于黑女王的权杖以及关于被遗忘的魔法门的资料吧。斯特拉利乌斯对我来说一直是个谜。”莱古路斯说，若有所思。

“你们有没有好奇过他从哪里来？”丝碧卡说，“我是说……他和我们都不一样，他额头上没有星星。每个王国的人都认识他，而且，这里的人只是简单地叫他巫师。今天早上我问鲁提路斯，斯特拉利乌斯去哪儿了，他不明白我说的是巫师。这怎么可能？”

“可能每个王国的叫法都不一样吧。”罗比尼娅猜测道，“很奇怪的是幻想王国内，每个小国的人的名字都很有意思，不是吗？矮人们的名字也很特别。你们知不知道这意味着什么？”她边说边挠着小火柴的耳朵。

“他们的名字都是矿石的名字。比如鲁提路斯，他告诉过我他的名字是一种淡红色的矿石。”莱古路斯说，他以前在爸爸的书房看书的时候对各种各样的矿石很着迷……一想到家，他心里突然涌起了思念，很快他用一个微笑赶跑了这种感觉。

“总之很显然。”翁布罗若说，“森林王国精灵们以灌木和树木为名，星星王国的精灵以星座和星星为名……矮人王国的矮人以矿石为名。”他看了看丝碧卡，丝碧卡也正看着他，他皱起了眉头：如果是这样，他爸爸郭尔德纳琪又是从哪里来呢？为什么他的名字和所有人都不一样？

“奇怪的不只是他们的名字。”罗比尼娅说，“他们还没有国王和王后。”

“而且从来没有！”丝碧卡也惊奇地说。

“没错。”莱古路斯耸耸肩，“据我所知，美岩城被黑暗军团占领前是长老们在管理这座城市。”

“也就是最有智慧的矮人。”罗比尼娅点点头

说。小火柴从床上跑了下去，跳着扑下了长凳上的空木碗，在房间里追着碗玩儿。

突然传来斯特拉利乌斯的声音。

“非常好。我看你们都恢复得差不多了，开始好奇起美岩城和矮人的事情了！”他笑着走了进来，笑容里藏着深深的忧虑。

“你找到什么了吗，斯特拉利乌斯？”丝碧卡问。

“足够满足你们的好奇心的东西。世界上不仅仅有国王和王后统治的国家，也有国民委员会管理的国家。美岩城是由五位勇敢强大的矮人建立起来的，他们分别是熔炼、锻造、雕刻等方面的大师。自建立起，五位长老就代表他们的国民在国民委员会管理国事。还有，或者说曾经还有一位大长老，是整个城市的领导人。”

“是国王的一种吗？”莱古路斯问。

斯特拉利乌斯摇摇头：“不是。只是在担任过长老的最年长的矮人中选出来的一位。大长老决不接受别人叫他国王，如果听见你们这样说，矮人们会生气的……所有的人都被一视同仁视作这个城市的一分子，只有明白了这个才能真正理解这些矮人。他们是美岩城真正的基石：如果不是他们，在这个地方不会有任何城市，这里的山如此险峻，天气如此寒冷。是他们共同建造了这座城市！五位长老也是共同主持委员会，由大长老协调。大长老负责确保做出的决定能够被实施。他们共同为城市造福。没有不热爱美岩城的矮人，他们做的一切都是为了大家的利益。”

“那就好像每一个矮人都是这个城市的国王。”翁布罗若问。

斯特拉利乌斯的眼睛一亮：“没错，就是这样！每个国王也都应该这么想：他自己也是一个公民，他是为了所有人的利益在工作。遇到困难的时候，长老们共同投票找出解决困难的办法。少数服从多数。”

“他们总是意见统一吗？”莱古路斯问，他还是觉得一个没有国王的国家很奇怪。

“哦，今晚你们就知道了：鲁提路斯刚刚肯定告诉过你们，今晚五位长老会举行一个秘密会议。你们也被邀请了，因为你们是举行会议的原因。”

丝碧卡担心地问：“他们聚集在一起会不会有危险？我是说……邪妖不会发现什么吗？还是有秘密通道？”

“没有，就像阿达玛斯说的，没有秘密通道。”巫师回答，“所以他们要走城里的街道过来，并且不能被巡逻的士兵发现。但矮人们知道怎么照顾自己，也清楚要解放美岩城是需要付出代价的。今晚我们就会知道他们是不是已经准备好为了他们的孩子，为了美岩城的未来付出代价。正如你们愿意为幻想王国付出一样，不是吗？”

第九章　五大长老

这天晚上，在铁甲长老家中的铁匠铺，长老们陆陆续续地来了。这一路过来非常危险，如果被发现就会被抓到矿山上去当奴隶，之前已经有很多人被抓去了。长老们穿着摄魂蛇的皮做成的隐形斗篷，穿过美岩城的街道，从敌人的鼻子下悄悄溜过，终于来到了碰头的地方。

月亮高高升上了天空，铁匠铺里渐渐充满了谈话声，尖帽子也多了起来。这是一个圆房间，房里有一个被烟熏黑了的壁炉。来参加这个被莱古路斯称为“菜汤会议”的聚会的矮人们相互拥抱着打招呼，看起来很久没有见面了。随后他们向新来的客人分别做了自我介绍，鲁提路斯用铁碗盛上了炖野猪肉。

铸剑长老阿达玛斯，大家已经见过了，他用一个

微笑跟他们打了个招呼。然后是苏尔福，熔炼长老，他长着粗硬的胡子，戴着浅黄色的帽子。接着是伽蕾娜，优雅的女矮人，戴着绿色的装饰有金色刺绣的帽子，她是头盔长老。最后来的是两个戴着黑色帽子的矮人，一个是奥尔多克拉西奥，一个是奥尔蕾布兰达，也就是凿刻长老和他的妻子。他们还带来了两个孩子：戴着紫色帽子的小女孩是小朵尔玛丽娜，戴着蓝色帽子的小男孩是小贝里罗。

“很抱歉，但我们没办法早点出发。”奥尔多克拉西奥一边脱下长袍一边说。

“我们不知道该把孩子们放到哪里。”奥尔蕾布兰达红着脸说。

鲁提路斯请他们坐下。“你们带孩子们来是对的。当然不能把他们独自留在家里！”“要来一点炖野猪肉吗？”他问两个双胞胎小家伙。

两个小家伙高兴地点点头，刚坐到桌子前他俩就专注地打量起了鲁提路斯的客人们：他们的样子很奇怪，大眼睛，瘦长的脸形，两个星星精灵长着金色头发，额头上还有像发光的胎记一样的星星。

“你们是精灵吗？”小朵尔玛丽娜用纤细的声音问，嘴巴里塞着满满的猪肉。

“小朵尔玛丽娜，吃饭的时候不能说话，你忘了吗？”奥尔蕾布兰达责备她道。

小女孩连忙把肉咽了下去。斯特拉利乌斯点点头回答：“是的，他们是精灵。虽然来自不同的国家，还有一个是被收养的。”

尖帽子们动了起来，气氛有点尴尬，有人咳了咳。

“当然，你们已经知道我是谁了。”巫师继续说，“也知道我们为什么在这里。首先我想告诉大家的是，你们听到的一切都是真的。这些精灵里面有一位完成了一项不可思议的任务：刺穿黑色铠甲，杀死空心骑士。”

听到他的一番话，矮人们嘀嘀咕咕耳语起来，斯特拉利乌斯静静地看着，直到他们渐渐安静下来。他继续说道："首先我要告诉大家，他不仅有勇敢坚决的伙伴，还有仙女女王的支持。"

又是一阵混乱的嘀咕声。

"为什么仙女女王要选择一个精灵，而不是一个矮人？"苏尔福粗声粗气地问，锐利的眼睛看着新来的人。

斯特拉利乌斯叹了口气："我们也不知道，亲爱的苏尔福。我相信这个来自和平王国的年轻精灵自己也不知道，至少现在还不知道。不过就算弗洛莉迪娅娜没有亲自请求你们与她的敌人战斗，现在我想请你们帮助这个孩子和他的伙伴们完成他们的使命。"

"怎么帮？"伽蕾娜问。

"首先得告诉我们凭什么？"苏尔福说。

又是一阵更加混乱的嘀咕。

斯特拉利乌斯沉默了一下，回答："因为他能帮助你们。"

"帮我们，呵！"苏尔福不悦地说。

"哦，拜托，苏尔福。这个少年杀死了一个空心骑士。这种事以前可没发生过。"奥尔多克拉西奥说，"看起来他还有一把特别的剑。阿达玛斯已经看过了，我想听听他的意见。"

"我的石头哟！阿达玛斯没有一丁点儿经验！"苏尔福抗议。

阿达玛斯生气地跳了起来，但看了一眼苏尔福凶巴巴的眼神后，他又坐了回去。

奥尔多克拉西奥叹了口气，挠了挠额角，说："我承认阿达玛斯还很年轻，作为长老还没有什么经验，但根据我这几年看到的，他很有天赋。我也想知道他对于那把剑有什么看法。因为毕竟阿达玛斯也是五位长老之一。"

其他人都表示同意。

阿达玛斯重新站起来，整理了一下夹克，清了清嗓子。

"好吧，这的确很让人难以置信。"他的表情既严肃又复杂，"我认为那个少年佩戴的是一把传说中古老的命运之剑。"

他说完，房间里像冰封一样安静。所有人，包括伽蕾娜，都睁大了眼睛看着阿达玛斯，好像他说了

什么非常荒谬的话。

“命运之剑，那当然。我们是不是还要相信玫瑰骑士会来这里把我们从邪妖们的手中拯救出来……是吗？”苏尔福说，轻蔑地一笑。

小朵尔玛丽娜信服地点点头，闪亮的大眼睛目不转睛地看着翁布罗若，而翁布罗若从讨论开始就一直低着头，两手在膝盖上握成了拳头。

“想骗谁呢，你们这些外来的？”苏尔福看着几个陌生的客人，说，“全都是胡说八道。你们来这里之前根本不知道魔镜会把你们带到哪个王国。你们来不是为了帮助矮人，只是偶然到这儿来了，却妄想矮人冒着牺牲最后一点安全的风险来……帮助你们！”

又是一阵混乱的嘀咕声，所有人都看着苏尔福和斯特拉利乌斯，但在众人开口之前莱古路斯先坐不住了：“当然了，给空心骑士制造铠甲对于任何人来说都不是什么帮助……”

罗比尼娅摇摇头打断了他：“我之前和你想的一样，苏尔福长老，那是我第一次遇见他们的时候，在我的家乡森林王国。那时候翁布罗若和莱古路斯还没有这把剑作为凭证。没有任何东西能证明他们是来帮助我们的。他们那时对我们森林精灵也一无所知。但的确是仙女的指示带他们来到了森林王国，也指引我们一起找到了这把剑。这是不是命运之剑并不重要，重要的是翁布罗若的勇气把我的王国从狼人和空心骑士的手中解放了出来，并带我们来到了这里。我们之前并不知道会来到矮人王国，没错。但对我们来说这没关系：我们的目标一直是解放所有被征服的王国，包括那些我们并不知道它们的存在的王国。包括你们的王国。”

她说完，屋子里鸦雀无声，只有灯火扑扑地跳动着。矮人们互相看了看，都陷入了沉思。

这时，一直在一旁没有说话的翁布罗若拿起了腰间的剑，把它放在了壁炉旁。“毒药”发出耀眼的绿色光芒，大家都没有说话。

“你们说得没错。我的确不知道等待我的是什么。弗洛莉迪娅娜也没有告诉我太多。当然我不是一

个骑士也不是一个英雄。”他说着偷偷瞄了一眼小贝里罗。“我也不知道我的剑是不是像阿达玛斯说的，是一把命运之剑。斯特拉利乌斯说的没错，我并不知道自己为什么会被选中。但我知道的是，有许多人需要帮助。‘毒药’能够伤到空心骑士。而我已经准备好为了解放被占领的国家献出生命。如果你们接受，我愿意用我的双臂和我的剑加入你们的战斗。但我需要知道的是，你们是不是已经准备好了，或者什么时候能准备好为解放美岩城而冒险。”

翁布罗若的声音比以往任何时候都坚决有力。大家都沉默着，只有他的声音在房间里回荡。

“这的确不容易，付出的代价可能会很沉重。”他接着说，“我很清楚，你们也很清楚。为了夺回森林王国，许多勇敢的精灵洒下了鲜血。但我相信，只要团结起来，我们一定能够打败我们的敌人。”

丝碧卡惊讶地看着他。

眼前的翁布罗若比任何时候的他都要坚定、强大、成熟。

他的话敲在每个矮人的心上，矮人们注视他的眼睛，他的眼睛里燃烧着勇气的火焰。

最后奥尔多克拉西奥咳嗽了一声站了起来。

“这是我们的城市。”他说，“应该由我们来夺回她。我们一直在为此做准备。我们不能继续为女巫制造铠甲，这个大家都知道。我们基本上已经做好了造反的准备。那么，我认为，现在是时候了。我们必须重新夺回美岩城和我们的自由。为了我们的生活和孩子们的生活：因为他们应该过上比当奴隶更好的生活。如果有必要，我们可以把美岩城毁掉……然后重新造一个自由的美岩城。不用被锁链捆绑着，不用把最好的食物交给我们的敌人而不是我们的孩子，不用抛弃尊严和正义为女巫干活！不用在每一次生病的时候等待被惩罚……我知道我们的射击手需要更多的子弹，摄魂蛇皮做的隐身斗篷还不够多，我们必须建造四个雪崩

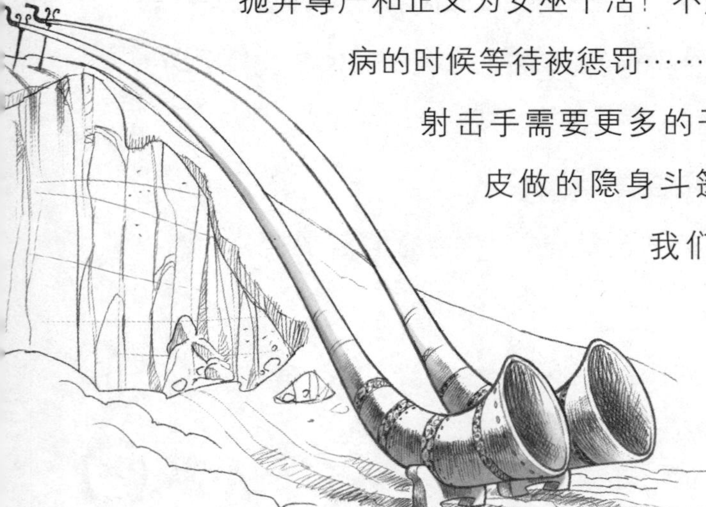

号角。但如果你们要问我的意见，我想说：是时候了。”他的声音小了下去，他激动的眼睛里闪烁着光芒。

奥尔蕾布兰达叹了气：“让我也说两句。你们所有人，在上一次会议的时候，就已经听说了黑女王的权杖。它也是我们的作品。大长老齐那布罗已经承认了这个错误，因为他接受了黑女王交给他的工作。但是，不管你们愿不愿意承认，对此我们每一个人都有责任，因为我们中没有一个人觉察到正在发生的事情。大长老犯的错已经变成了我们共同的错误。如果我们曾经想过是不是能有一天可以弥补这个错误，那好，现在我们不再是孤军作战了。这些精灵们和巫师的到来有非常大的意义。我和奥尔多克拉西奥的意见一样，是时候了。”

“是的，我站在你这边，年轻的精灵。”奥尔多克拉西奥点点头说。

“我也是。”奥尔蕾布兰达对翁布罗若微笑着说，仿佛他也是自己的一个孩子。

小贝里罗和小朵尔玛丽娜站起来，几乎同时喊道：“还有我！”他们稚嫩的声音把其他矮人都逗笑了。

“你们尽管相信我。”阿达玛斯也说。

“还有我。”伽蕾娜说。

“只要我能做到的，我都会帮你们去做。”鲁提路斯笑着点点头，“我的石头哟！我好久没听到这样的演说了！燃烧的灵魂，价值和正义！这才是矮人王国真正的精神！”

两个小家伙嘻嘻笑了起来，长老们都转过去等他们中的最后一个表态。

“既然大多数人都选择帮你，巫师，”苏尔福咬咬牙说，“我只能少数服从多数，希望这个决定对美岩城，对我们所有人，都是正确的。因为如果失败，我们没有第二次机会。”

“这个选择是正确的。”斯特拉利乌斯向他保证道，“现在，我们来商议如何行动。”

第十章　造反计划

时间过得很慢。很快小贝里罗和小朵尔玛丽娜就睡着，被人抱到床上去了。虽然大家心里充满了勇气和美好的愿望，但是要把邪妖们从美岩城赶走明显是非常困难的。

很久之前矮人们就开始计划造反了。

为了尽可能多地做出隐身风衣，给敌人出其不意的袭击，他们在晴朗的夜里骑着雪貂出去猎杀摄魂蛇。他们还制造了弹弓和子弹，能够在不暴露自己的地方袭击邪妖们，并且处在它们可怕的铁手套的攻击范围外。此外他们还训练战斗的雪貂，制造巨弩用来攻击在城市上空盘旋的秃鹰。

翁布罗若发现矮人们已经准备好与邪妖们一战了。他们认真研究过计划的每一个细节，所有人都知道自己应该做什么，时机一到，他们就能重新夺回美岩城。但这群聪明的矮人更忌惮的是黑女王的权杖。

“很好，造反行动已经计划得很充分了，但我还有一个问题。你愿意告诉我，你们是怎么知道权杖的事的吗？”斯特拉利乌斯问奥尔蕾布兰达。

奥尔蕾布兰达叹了口气，点点头：“我们是偶然发现的。我当时在给我的孩子们找旧衣服……他们长得很快，而我又没有时间给他们做新衣服。所以我到我们老房子的阁楼上去找些我和奥尔多克拉西奥小时候的衣服给他们穿。令我吃惊的是，我找到了一个刻着大长老的标志的箱子。我也不知道它怎么会在那里。反正最后我打开了它：里面放着一些用绳子绑住的旧卷轴，我把卷轴拿给奥尔多克拉西奥看。原来是工作笔记……似乎是制

造一根权杖和一根魔杖的工作。”奥尔多克拉西奥接过去说：“我们两个之前都没听说过。我们研究了一番，发现上面写了日期，是在我们的王国被攻占前100年……我们那时候还是小孩。”

“那个时候的大长老是齐那布罗。根据笔记上说，他一直在为黑女王工作，有一个目录上记录了黑女王指派给他的所有任务。发现大长老和黑女王两人联盟对我们来说是个重大的打击。”伽蕾娜说，“矮人们经常为别的王国工作，但从没为女巫做过事！如果美岩城的矮人们知道的话，他们绝不会允许大师们古老珍贵的技艺被黑女王利用！”

“但很明显第123代大长老齐那布罗不这么想。”斯特拉利乌斯说完垂下了眼睛，好像眼皮突然变得很沉重。

“没错，但只是他一个人！是他擅自和黑女王结盟……哦，如果我们早些知道该多好！”奥尔蕾布兰达悔恨地说。

“读完笔记我们知道，一开始黑女王让他做了一些吊坠。看图纸工艺应该是非常精细的，雕刻得也很巧妙，但并不危险。”伽蕾娜补充。

这时奥尔多克拉西奥抬起眼睛，接过话来：“过了很长时间之后，黑女王给了他另一个任务。是一个复杂得多的任务，她想要一根权杖。”

“齐那布罗没有意识到有什么异样，直到后来他发现他要造的不是一根简单的权杖，而是一根施有巫术的权杖。黑女王亲自告诉了他权杖的细节……他明白了那将是一件武器，一件能够带给她巨大力量的武器。”奥尔蕾布兰达说。

大家传阅了权杖的设计图。翁布罗若仔细地看了图纸：这是一件十分漂亮同时十分可怕的东西。

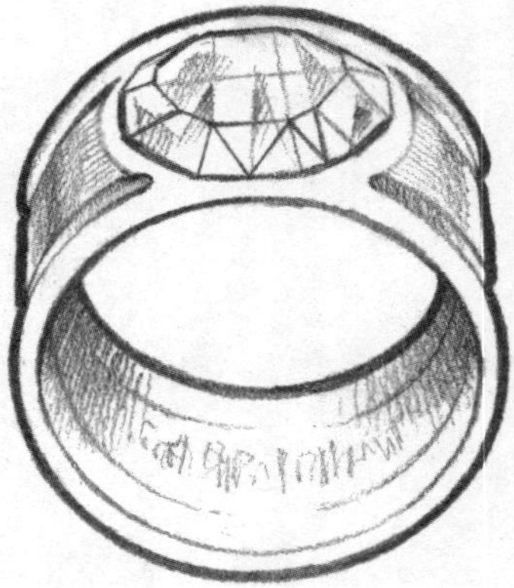

斯特拉利乌斯说：“真是一件漂亮的作品，漂亮得可怕！它的目的就是为了无限放大黑女王的力量。拥有制造梦魇和控制人心的魔

力。但还不仅仅是这样，权杖顶端有一个王冠，王冠中间是一颗圆球，似乎是用来放什么东西的。齐那布罗错在，他以为权杖的魔力是直接施展在权杖上面的。而我认为这是一个用来吸收更强大的魔法的工具，而这个强大的魔法是从其他东西上来的。”

“什么东西？”莱古路斯担心地问。

斯特拉利乌斯停顿了一下，似乎有些艰难地回答道：“放在那里，提供强大魔力的东西，我想，就是已经消失了多年的光芒戒指。”

此话一出，所有人都紧张得说不出话来。这些光芒戒指，锻造于很多个世纪之前，作为象征和保佑幻想王国和平的工具，被交给各个王国保存，之后就再没有被提起。黑暗时代开始后，这些戒指有些被藏了起来，有些不见了，还有一些据说落到了错误的人手里。但是还有比落入女巫王国的黑女王——斯特里娅手中更糟糕的吗？她是那个建立在悲泣河浑浊的河水上的邪恶王国的统治者。如果斯特里娅学会了如何利用光芒戒指的全部力量，并且通过权杖吸收了戒指的力量……还有比这更可怕的吗?

这个想法把大家都吓呆了，丝碧卡眼中满是惶恐：如果黑女王真的成功了，那所有的希望都成了泡影。

“这场战斗最重要的敌人不是邪妖们，不是空心骑士，他们不过是狼背上的跳蚤。这场战斗最大的敌人就是这根权杖。”苏尔福看着翁布罗若说道。

“你是想说我们应该直接去女巫王国寻找权杖，不管矮人的死活了？”莱古路斯问。

奥尔蕾布兰达还想说什么，但斯特拉利乌斯做了个手势阻止了她。他说：“就像你看到的，莱古路斯，矮人们已经筹备得很好，可以独立造反。无论如何，我们都会尽可能地帮助他们。但你要明白，只要黑女王还有能力派出更多的手下，再次占领矮人王国，一次造反是没有多大用处的……如果她的能力强大到能把魔爪伸向星星王国呢？”

翁布罗若抬起眼睛看斯特拉利乌斯，喃喃地说：“我们必须毁掉权杖。”

“那我们要怎么做才能够毁掉它？”罗比尼娅问。

“我现在也不知道。”斯特拉利乌斯看了一眼苏尔福说，“但可以肯定它就在黑女王的宫殿里，我猜斯特里娅从不把它放下。我们已经知道，到达女巫王国的唯一办法就是沿着黑暗军团侵略的道路反方向走。所以，要离开这个王国，我们就要穿过他们来时经过的‘被遗忘的魔法门’。可惜，美岩城没有一个矮人记得它确切的位置。我只查到这样的文字：希望之山上，邪妖们从门中通过，黏腻如蠕虫，意外如闪电。”巫师叹了口气，“矮人喜欢用文字记录下发生的事情，所以我去了图书馆，想搜集些关于魔法门的信息……但只找到些只言片语，不过这些证实了我之前所了解到的情况：要去魔法门，必须经过希望之山里面的一条古老的小路，这些年那条路已经变得非常危险，因而被叫作黑暗之路。但书里没记载到底是什么东西让它这么危险。”

奥尔多克拉西奥说：“唯一可以确定的就是黑女

王打开‘被遗忘的魔法门’的石头交给了冷血，邪妖们的头头。他总是把这当成荣誉到处炫耀。只有他有权力使用它，而且只是在一年的某段时间里，就是把铠甲上交的时候。”

“那么问题就变成了两个。”斯特拉利乌斯说，“一，找到魔法门；二，找到打开它的石头。那块石头应该是一个有着锯齿边的椭圆形玛瑙，形状像一片叶子。”

“你们中有人跟着邪妖们去上交过铠甲吗？”莱古路斯问。

“事实上是由秃鹰来运送这些铠甲，它们直接飞到魔法门那边去的。”阿达玛斯吐了吐舌头说。

“如果石头在冷血的手里，我们怎么才能拿到呢？”罗比尼娅问。

“你们至少知道他把石头放在哪里吧？”翁布罗若追问。

“不敢肯定。但既然这块石头这么重要，他绝不敢弄丢的……斯特里娅如果发怒，他也会害怕。”伽蕾拉说。

“所以他要么带在自己身边，要么放在一个安全的地方。”阿达玛斯说。

“因为他住在大长老的家中，或许石头就在大长老家里。”奥尔蕾布兰达猜测。

“大长老家里只有一个安全的地方。”鲁提路斯说。

“石座大厅！”阿达玛斯眼睛一亮。

“以前，美岩城的矮人遭遇了不公正待遇就是在那里上报给大长老的。”回忆起往事奥尔多克拉西奥有点伤感。

“石王座里面有一个暗格，冷血肯定把石头藏在那里了。”伽蕾娜说。

“所以现在问题变成了如何进入大长老的家。”鲁提路斯说，“那里有邪妖们看守，有时候还有空心骑士，要进去只有一个方法……”

“空心骑士？”翁布罗若打断了他，“他们可能是从森林王国逃过来的……他们在这里做什么？”

“我并不知道他们从哪里来，我只知道对我们来说他们的到来显然让问题变得更复杂了。”鲁提路斯摇了摇头，“总之，我刚刚说了，只有一个办法能够进入。”

“你是指通往内花园的密道吗？”奥尔多克拉西奥问。

紧接着大家都沉默了。

“那样太危险了……”奥尔蕾布兰达说。

“这是没有办法的办法，你大可以这么说。”苏尔福冷笑道，“在邻街有一个像井盖一样的板门，可以用一把石头钥匙打开，下面有一个旧的下水道通到大长老家的内花园。但主要问题是，这个板门的锁是用水力启动的：要开启它需要来自城里五个喷泉的水，如果没有水……”

“五个喷泉？”莱古路斯好奇地打断了他。

“没错。发出红光的叫铁泉，绿光的叫蛇纹泉，蓝光是绿松泉，黄光是硫黄泉，非常泥泞的那个是黑泉。”伽蕾娜说，“据说它们其中一个的水来自幻想王国的心脏——仙女王国，但没人知道究竟是哪一个。”

“不过我们还是继续说板门的事吧。这里有个小问题：其中两个喷泉都已经干涸很多年了。”苏尔福说。

“是的。”伽蕾娜担心地说，“是蛇纹泉和铁泉。没有这两个喷泉的水，锁就不能打开。”

“为什么呢？锁是怎么运作的？”丝碧卡问，她不明白为什么一个简简单单的板门会和五个喷泉都有关系。

“听着，这是一个用齿轮连接的复杂机械装置，用五个喷泉的水作为动力。当钥匙插入锁眼的时候，泉水就会流入管道使锁里的几个小活塞动起来，这样锁就打开了。每一

个喷泉控制一个活塞：只要其中一个没有水，钥匙就没有用……要让水流到锁里，必须要五大长老从艾斯培里奥大厅启动控制水流的装置。但首先五大喷泉都必须有水。”

“怎么这么麻烦？”罗比尼娅困惑地眨了眨眼。

“麻烦？这可是一个完美的系统！”苏尔福生气地说。

“是这样的，因为大长老的住所非常重要。如果大长老利用手中权力做危害美岩城利益的事情，那么其他五位长老就会把他从石座上赶下来。不过要这么做的话，长老们必须意见一致。只有五位长老全部同意，才可以打开启动板门的装置，进入大长老家中。”鲁提路斯说。

“即使这样……”阿达玛斯说，“要打开锁，还得让蛇纹泉和铁泉重新有水。这两个泉的源头在大雪山的深处。让我去！就明天早上，我和莫儿一起去。”

奥尔蕾布兰达摇摇头，担心地说：“你要小心，邪妖们今天还在讨论山里面的奇怪动静。看起来他们在旧路的驻军被歼灭了。雪地上留下了几个脚印……我听说是靴子的脚印。”

斯特拉利乌斯站了起来：“可能是在我之前穿过魔镜的那个人的杰作。”说完他思索起来。

“可我们不知道他是谁，也不知道他是哪一边的。”翁布罗若说。

斯特拉利乌斯看了看他说：“嗯，让我去。我必须去。”

“我和你一起。”翁布罗若说。

斯特拉利乌斯摇摇头：“不。你们得留在这屋子里，等到艾斯培里奥大厅的喷泉流出水来。到时候长老们启动装置，你们几个就进入王座大厅，找到开启魔法门的石头。”

“但你对山里不熟悉，我跟你一起去。”阿达玛斯跳了起来。

“阿达玛斯！”斯特拉利乌斯粗声粗气地喊道，“我知道这山的时间比你长多了，再说有莫儿的帮助我能应付得来。这里需要你。”

阿达玛斯不再说什么了，斯特拉利乌斯点了点头：“如果一切正常，并且你们的计划能够顺利进行的话，矮人朋友们，不用多久美岩城就会重新变回你们的美岩城了。至于你们，我的孩子们，一旦拿回石头，就马上来冰峰找我。我们从那里出发，前往魔法门。”

他的声音铿锵有力，没有人再说什么。

随后大家散去，铁匠铺又回到了之前的宁静。

第十一章　分别

这是一个漫长而辛苦的夜晚，长老们道别离去时已经快早上了。翁布罗若和其他人被送去休息，为了不引起邪妖们的怀疑，五位长老回到了自己的住所，继续确认造反计划最后的细节。

当晚做出的决定对所有人来说都非常困难。尽管已经很累了，翁布罗若的脑袋却始终静不下来：斯特拉利乌斯正准备出发去大雪山寻找两个喷泉的源头。虽然信任巫师，但翁布罗若心里却有一种不好的预感。他也不知道到底是什么，只是觉得危险。大雪山上面有雪巨人和摄魂蛇。摄魂蛇在柳叶刀山他们已经见识过了……不，不是因为这个。或许是因为斯特拉利乌斯急不可耐地要只身前往，和以往大不一样；又或许是因为他就要和他心里唯一的向导分开了……他也不清楚到底是什么原因，但那种预感越来越强烈。

翁布罗若睡不着，坐起来抹了把脸，点亮了灯，温暖的灯光照亮了房间。他站起来在行李里翻出了吉内普罗的预言书，那是他们离开森林王国的时候乌尔姆斯交给他的。

他又回想了一遍吉内普罗墓碑上的文字，就是这些文字指引他帮助森林王国的精灵夺回了自己的家园。那上面还有一句仍然太难懂："唯有弓鹅龙剑，终将覆灭黑暗之师……"或许是想从里面找到些安慰自己的东西，翁布罗若坐到床边打开书，一页页翻阅起泛黄的纸张来。

有几页写得满满的，又被画掉了许多，还有许多奇怪的符号。这时空白的一页吸引了他的注意。旁边页面上用异常巨大的字写了几句话。

他聚精会神地看着，额头上的星星发出的光照亮了空白的那一页下隐藏的秘密。一个长着长脖子，展开巨大的翅膀的动物出现在空白的纸上。翁布罗若吃了一惊，用手摩挲着这个图案，屏住呼吸开始读旁边的文字：

能够从羽毛的束缚之下，
辨认出她真正身份的人，
方能诉说，倾听和被指引。

翁布罗若激动地开始寻找其他的图形，但没有找到。额头上的星星的光黯淡了下去，他合上书，走出房间去找斯特拉利乌斯。

巫师坐在点燃的火堆前，正在思考什么。翁布罗若走进厨房，他站了起来。这个早晨天阴沉沉的，很冷，呼啸的风拍打着美岩城的矮塔，似乎要把这座城市一点点拆掉。

“睡不着吗？”斯特拉利乌斯问。

安静的厨房里，他的声音显得比平时更加低沉。

翁布罗若耸耸肩："我脑子里有很多事情。"

"唔，那我们两个一样。"

"你什么时候出发？"翁布罗若来到巫师面前问。

"马上。很快鲁提路斯就要来叫我了。"

"等到晚上出发不是更好吗？"

"我的孩子，我想我已经等得太久了。你也不能耽搁：蛇纹泉和铁泉的水一涌出，你就要行动。"

"你觉得我们真的会在石王座里面找到我们要的石头？"

"但愿如此。没有人比我们的矮人朋友更了解这座城市的了。我们应该相信他们的判断。要喝点水吗？"他问，随手给自己倒了一杯。

翁布罗若点点头，把吉内普罗的预言书放到桌子上，拿起了杯子。巫师看着他，嘴角浮起一丝笑容。

"你在这本书里面找到了什么指示吗？"他问。

翁布罗若皱起眉头，表情复杂："我也不知道。"把画有图案和诗句的那页翻开给巫师看，那图

案再一次被他额头上星星的光芒照亮了。

“唔。”巫师没说什么。

“我没发现别的隐藏信息，也不知道这个是什么意思。”翁布罗若说，试图打破沉默。

“好吧，大部分情况下，预言只是预言。”巫师说，“或者说是启示和建议，这样的启示和建议往往只有在需要的那一刻才会明白。”

“没错。”翁布罗若思虑重重的眼睛又一次在书页上面寻找起来。

斯特拉利乌斯把他的手握在自己手里，合上了书。

“现在你最应该做的是忘记这些文字。”巫师平静地说，“直到在你的道路上，遇到了让你想起它们的情况……那时候它们自然会帮到你。”

翁布罗若叹了口气。“你确定要独自去大雪山吗？如果那里真的有雪巨人的营地怎么办？”

“哦，拜托，孩子！”斯特拉利乌斯说，“如果我连自己都照顾不好，还算哪门子的巫师呢？”

“对不起，我……我只是有点担心。”翁布罗若解释道。

“我知道。站在你的立场，不担心就是傻子了。但如果说真的有人需要你担心，那个人肯定不是我。说实话，我也不觉得是矮人们，他们知道该做什么。你的出现推动了他们的行动，这是你能带给他们最好的礼物。当你说女巫们可以被打败的时候，你重新燃起了他们心中正在渐渐消失的希望。现在，他们知道自己能够解放美岩城。他们唯一无能为力的是黑女王的权杖。而你要考虑的就是这个问题。”

“我该怎么做？我们昨天晚上并没有谈到这个。”

“我不知道：还有很多事情等我们去发现。但在离开之前我要告诉你一件事。我认认真真研究过齐那布罗的设计图。他是一个聪明又好奇的矮人……我甚至猜想是他求知和实验新的东西的巨大欲望让他犯下了错误。当他发现自己落入了黑女王的圈套，他决定给权杖制造一个缺陷。或许他希望，不管怎样，这个缺陷能够在一定程度上约束黑女王。”

“一个缺陷……故意留下的？”翁布罗若问。

“正是。没有别的可能，这个缺陷隐藏得很深，所以没有被发现。但同时这个缺陷十分复杂，所以肯定不是偶然产生的。而且我认为黑女王现在还没有发现这一点，因为她对自己的威慑力很有信心。无论如何，你要利用的就是这个缺陷。”

“具体是什么样的缺陷？”翁布罗若问。

“巫师！”就在这时候鲁提路斯出现在了厨房门口。“差不多该出发了，我们时间不多。”

斯特拉利乌斯叹了口气，站起来：“我跟苏尔福谈论过这个，他会详细解释给你听。你要相信他，听他的话，孩子。”

“可是……”翁布罗若还想说点什么，他一点也不喜欢苏尔福。

斯特拉利乌斯做了一个手势示意他不用多说："以后再说吧，现在我得走了。我们说好了，在冰峰见。祝你们好运。"

翁布罗若握紧拳头点了点头："也祝你好运，呃，那我们冰峰见。"他说这话的时候斯特拉利乌斯已经和一瘸一拐的鲁提路斯一同走远了。翁布罗若十分期望能快点再见到他，也希望自己奇怪的不祥预感是错误的。

第十二章　意料之外

莱古路斯醒来的时候发现鲁提路斯的家里特别安静。翁布罗若坐在厨房的桌子前，面前摆着一本合上的吉内普罗的预言书，若有所思地盯着壁炉里的火。

“一切都好吧，小弟？”莱古路斯问，一边打着呵欠一边朝面包篮子伸出手去。

“斯特拉利乌斯出发了。”

“好了，我们都知道。干吗拉长张脸？”

“我有一种非常不好的预感。”翁布罗若摇摇头说。

莱古路斯的目光滑到了吉内普罗的书上。他搬来一张椅子坐了下来。

“嗷！”小火柴生气地叫了起来，一圈淡绿色的火喷了出来，莱古路斯立马像弹簧一样弹了起来。

“哎呀！”他拍了拍屁股确保那里没有着火，惊恐地瞥了一眼小火柴。“对不起，我没看见你……别生气！我完全没打算把你当成垫子。”他一边说一边坐到了壁炉前的一张长凳上，嘴里嘟囔着：“这脾气……”

小火柴从椅子上跳了下去，翁布罗若把自己和斯特拉利乌斯关于权杖的对话告诉了莱古路斯。

“我懂了，那么我们要去找那位‘和蔼可亲’的苏尔福。是这个让你不开心吗？”莱古路斯问。

“我自己也不清楚。”

“你担心斯特拉利乌斯？”

“是的。”

“好吧，让我来告诉你：我们应该操心的是我们的事。巫师始终是巫师，他能应付

过去。我们最应该担心的是自己还有那帮矮人。”

“你不相信他们？”

“不是。他们似乎对于夺回美岩城很有信心……但为什么之前没有行动？因为说到底他们其实并不是那么肯定能够扭转局势。所以我们也要当心。”

“但我们占了先机：邪妖们并不知道我们在这里。矮人们给我们画了大长老家的地图，还给了摄魂蛇的皮做的隐形斗篷，不细心的守卫的眼睛看不到咱们。”罗比尼娅一边说一边和丝碧卡一起走进了厨房说：“所以要溜进去大长老家，我们不会有太大问题。”

翁布罗若和莱古路斯转过去看着她。“或许进去没有问题，但出来嘛……那里有邪妖们看守，或许还有空心骑士。”莱古路斯反驳，“我没有愚蠢到认为那里会有一条现成的出路，小妹。”

“我又没说有。”罗比尼娅急了。

她正准备反驳，突然小火柴一头掉到了柴火堆里，滚到了地上。小东西朝门口一转身，头上羽毛立了起来。

“我想知道它是怎么回事，从没见它这么激动！”罗比尼娅说。

就在这时候门铃响了起来。一声，两声，三声，十分急促。

大家都怔住了。翁布罗若站起来，小心翼翼地从临街的窗户朝外看去。之前因为害怕被人发现，他从不敢靠近那块毛玻璃，房子里仅有的打开的窗户之一，但现在他没有选择。

绿色的眼睛顺着长长的幼石路看去，路渐渐变宽，前面是一个四边形的小广场，石英广场。然后他的目光转到房子门口。只见两个人影站在门外，正激烈地争吵着。

“你这个小叛逆……”房门外十分安静，那个大一点的人影抓住了那个小点的，猛烈地摇晃着。“放开我！”是小朵尔玛丽娜的声音。她沿着石头路跑着，砰砰砰拍打着紧闭的窗户。

翁布罗若僵住了，本能地把手放到“毒药”的剑柄上。他发现它正在震动，似乎渴望被握在手中。

“凿刻长老家的小女孩遇到了麻烦！”他说。

“我们该怎么办？鲁提路斯还没有回来！”罗比尼娅说。

门铃又响了，外面的声音越来越激动。

“丝碧卡，快过来！”翁布罗若小声喊道，“用你的箭让邪妖睡着。罗比尼娅，你盯着街上……我们不能被任何人发现！”他斩钉截铁地命令道。

两个女孩立刻照做，翁布罗若拉着莱古路斯一起离开了房间。

“我们要干吗？”

“我们不能让守卫看到有一个邪妖睡在路中间……你跟我去把他拖进来……”翁布罗若一边说一边往大门口走去。

快走到门口了，门外的声音愈发刺耳。

“放开我，丑八怪！”小朵尔玛丽娜喊道。“我告诉你，鲁提路斯就在家里，马上就来帮我了！”

“好像那个老头子能做什么似的！如果他在家的

话早就把门打开了，小叛逆。我知道你们在搞什么鬼，你和你哥哥，你们两个在传信！现在告诉我是怎么……啊！”

小朵尔玛丽娜吓得捂住了嘴巴，差点叫出来。突然传来开门的声音。翁布罗若打开门，抓住邪妖，小朵尔玛丽娜连忙从地上捡起她的东西扑到莱古路斯怀里，哭了起来。翁布罗若把邪妖拖到走廊上，往外飞快看了一眼，关上了门，这才长长地舒了口气。

丝碧卡和罗比尼娅跑了过来，只见邪妖，瘫痪在楼梯脚的地毯上，一支箭射中了他的肩膀。

“没人看到我们。”罗比尼娅说。

邪妖没有流血，也没有打呼噜。

“干得好。”翁布罗若点点头，默契地看了一眼丝碧卡。

这个时候，那支箭像一缕浓烟一样消失了。

“这是……怎么回事？”罗比尼娅问。

“咦，这个我还是第一次见：一支用催眠烟雾做的魔法箭！”莱古路斯笑着说，“只有你才想得出这种东西，妹妹！”

丝碧卡嘿嘿一笑：“多亏了斯特拉利乌斯，箭一旦从我的弓射出去，会按照我心里的想法，根据当前情况发生变化。”

“现在我们拿他怎么办？”莱古路斯问。

铁甲长老的房子里鸦雀无声，好像被裹入了一张冰冷的雪斗篷。

第十三章　高山之上

斯特拉利乌斯拉了拉缰绳，向后转过身去。群山静默，陡峭，就像他记忆中的一样。自从黑暗军团入侵以来，他再没有踏上这片土地，但曾经他在美岩城停留过很多次，他渐渐喜欢上了这些坚固的石头墙和住在这里的骄傲的人民。严寒越来越刺骨，岩石越来越滑。树木都没有了：贪婪的舞毒蛾已经吃光了它们。蓝天下只有一片刺眼的白色。

美岩城像一个幻影：石头，黑烟，风中飘扬的黑旗，塔楼里透出的邪恶的火焰。然而，它的心脏还活着，还在跳动。在岩石的下面，在苦难和危险的下面。

矮人从来没向女巫和邪妖们投降，从来没有。这些年来，斯特拉利乌斯所知的关于矮人王国的消息，都是阿达玛斯的父亲阿尔吉恩托手写在巫师送给他的魔法信纸上传来的，通过这种方式斯特拉利乌斯得知：无数矮人被处死，被酷刑折磨，矮人们渐渐变成了奴隶。突然有一天，这些消息中断了。斯特拉利乌斯不知道阿尔吉恩托是怎么死的，但是他感到有愧，他，一个巫师，竟没有办法拯救这些矮人！

尽管有仙女的帮助，他还是不能明白女巫们是怎样如此迅速并且毫无阻碍地入侵并占领一片片新的土地，他的朋友一个一个离他而去。不久之前他终于知道，是魔镜让女巫的扩张变成可能。或许现在要拯救所有人，已经来不及了。但还来得及拯救更多人。

他想知道现在是否一切都更多地取决于那个叫作翁布罗若，真名是阿乌达琪的少年精灵，而不是他。

斯特拉利乌斯第一次见到还非常年幼的翁布罗若是在森林王国沦陷之后，翁布罗若被人送到星星王国避难。第一眼见到他，斯特拉利乌斯就明白他不只是一个森林精灵，他的血管里流着不同的血。他的思维深刻、审慎，不像森林精灵那样冲动。他的身材精瘦但强壮，就像他父亲——勇敢的郭尔德纳琪。虽然在翁布罗若把真相告诉所有人之前，他一直被森林王国的精灵当成叛徒。

为了把翁布罗若送到星星王国，郭尔德纳琪牺牲了自己。

阿乌达琪，这个名字体现了这个少年的性格，也通过这个名字，他知道了当初郭尔德纳琪骑着他的

龙——闪电从哪里而来。多年前斯特拉利乌斯对那个地方非常熟悉，可是那里现在已经被黑女王摧毁，消失了。那么这个少年是三个民族的孩子，集三种不同的气质于一身。

他有着父亲身上坚定公正的品质，从母亲阿卡琪娅那里继承了森林精灵的腼腆和慷慨，和星星精灵一起成长的经历又赋予了他爱笑、开朗的性格。或许正是因为这样这个少年是如此特别，如此独一无二。也或许是因为这样他才能够看到表象之外的许多东西。

斯特拉利乌斯唯一担心的是他的年龄。翁布罗若还很年轻，或许太年轻了。虽然远在千里之外的仙女向他提供了至关重要的支持，还有忠诚的朋友和像他这样的巫师帮忙，但他使命中最困难的部分还是得他自己独自面对，在他的心里，没有人能帮忙。

秃鹰从蓝天飞过，用它们敏锐的眼睛扫视着地面。它们携带着刚刚开采出来的艾斯培里奥矿，向通往美岩城路上的中转站飞去。

巫师眨了眨眼睛，抓住随风飘扬的袍子，一动不动，希望没有被秃鹰发现，莫儿也紧张地喘着气。

他唯一能为翁布罗若和他的矮人朋友做的事情就是进入大雪山的深处，打开被堵住的两个源头。

或许在他艰难的旅途中他甚至会遇到那个在他之前穿过魔镜的神秘人，谁知道呢！奥尔蕾布兰达说过，根据这个人的表现，像是邪妖们的敌人。他是谁，为什么像是跟他们一样，在寻找女巫的大本营？斯特拉利乌斯并不清楚。

巫师谨慎地观察了一下周围情况，拉动了莫儿身上的缰绳。最后一只秃鹰刚刚飞过了一座耀眼的雪峰，没有东西监视他了。

莫儿呼哧呼哧喘着气，抬起头在空气里嗅了嗅，朝着大雪山冰冷的心脏继续前进。

第十四章　犹豫

罗比尼娅看了一眼邪妖，他们把他拖到了一个房间，牢牢绑在一张椅子上，使他不能动弹。

他的呼噜声断断续续。很显然就要醒了，可鲁提路斯还没有回来。

“我们得审问他。”翁布罗若说。

“把他留在这里太危险了。”丝碧卡不同意，她感到很不安，“我们现在把他放到外面还来得及。如果我们倒一点鲁提路斯的苹果酒到他身上，他的同伙会以为他溜去喝酒喝醉了。就算他说什么，别人也不会信。”

“我也不想把他留在这里。”莱古路斯说，“但是我们可以得到一些有用的信息。”

邪妖抬起头，含糊地说着什么，又把头垂了

下去。

“如果他逃出去了怎么办？”丝碧卡说。

“我们已经让小朵尔玛丽娜通知其他人了，很快就有人过来。”莱古路斯安慰道。

小火柴叫了一声，跳上了墙壁，又顺着墙壁爬到了天花板上。

“我担心的是，听邪妖对小朵尔玛丽娜说的话，他似乎知道很多。他已经知道了矮人在暗地里传信，虽然还不清楚具体是怎么做的。”翁布罗若说。

大家担心地相互看了看。

邪妖的呼噜声规律起来。

“如果点名的时候他没有出现，别人就会发现的。”丝碧卡说，“那时，他们就知道出事了。”

“你说的对。所以我们必须要尽快得到我们想知道的信息。”罗比尼娅说。

“现在我能体会这些年来矮人们的感受了。”莱古路斯急得搓手，“各自关在各自家里，谁也不知道别人的情况，也不知道自己要做的事情会不会危及其他人的性命。这责任可真是大了点儿……”

“没错。”翁布罗若点头，“这次轮到我们体会这种感觉了。”

接着他又说：“昨天晚上矮人们已经确定了开始造反，这个是重点。所以现在放邪妖走的话风险太大了：一来我们不知道他有没有看到我们，二来他肯定记得小朵尔玛丽娜逃跑了，肯定会去抓她，可能还会带上别的邪妖一起去。我觉得，应该审审他。”

“我也这样想。”罗比尼娅说，“冒点险是必需的。”

莱古路斯看了一眼丝碧卡说：“我也赞成他们，丝碧卡。”

丝碧卡捋了捋金色的头发，上次在森林王国遇到血蝠被剪掉之后它们终于又长长了。她叹了口气说：“好吧，我支持你们。但记得斯特拉利乌斯跟我们说的话。不要低估了邪妖。”

大家安静地点点头，邪妖沉重无规律的呼吸声更大了。

突然“吱嘎”一声，门响了。丝碧卡连忙跑去看是不是鲁提路斯回来了。

然而在走廊上她看到的是阿达玛斯。

“哦，是你！”丝碧卡匆匆打了个招呼，“我还以为是鲁提路斯……我们遇到了大麻烦。”她说，蓝色的大眼睛打量着阿达玛斯。

“鲁提路斯还没有回来？”阿达玛斯一惊。

丝碧卡摇摇头：“他陪斯特拉利乌斯出门后就没有回来……”

“我的石头啊，怎么会那么久！”阿达玛斯担心地说，“你们还好吧？”

“我从小朵尔玛丽娜那里听说了邪妖的事情。所以我在锻造车间一值完班就过来了。”

丝碧卡点点头，领着阿达玛斯来到翁布罗若的房间，他的房间位于这个大房子废弃的一侧。

“鲁提路斯会不会遇到了什么麻烦？”丝碧卡问。

“我也想知道。我几个小时前在坩埚路遇到了他。我猜他那时候正在回来的路上，但几个邪妖拦下了他，他没有办法只能跟他们走了。他还暗示了我。”

“暗示？”

阿达玛斯点点头沉着脸说：“他拿起帽子给我打了个招呼。之前他从来不会这样做。”

“这意味着什么？”

“他们要把他带到冷血那里。我想冷血想审讯他。但已经过了几个小时……他应该已经回到这里了！”

丝碧卡在翁布罗若房间门口停住了，她拿着提灯的手抖了一下：“或许……他们知道了我们？”

“我估计没有。邪妖时不时会抓我们去审讯，让我们害怕。当然我们中没有谁说出来，死也没说。所以不用担心这个。”

“但鲁提路斯年纪大了……”丝碧卡说。

“那时候我爸爸年纪也大了。”这是阿达玛斯唯一的回答。

丝碧卡看着他，心里像打翻了五味瓶，阿达玛斯打开房门进去了。

“啊，瞧我见到了什么？”一看到囚犯，阿达玛斯得意地笑了起来，“这不是泥巴吗！”

在阿达玛斯的指示下，他们脱掉了邪妖头上戴着的长着两个角的脏帽子，还有他的铁手套和铁靴子。

不一会儿伽蕾娜也来了：她跑得上气不接下气，脸色苍白。伽蕾娜坐了下来，目不转睛看着邪妖，一边听他们讲述这件事的来龙去脉。

“我们从来没有抓到过一个邪妖。更不用说抓到泥巴了。”坐在房间角落里的阿达玛斯笑着说，“真要谢谢老天。”

“所以他是个大人物呢？”莱古路斯问。

“可以这么说。”伽蕾娜说。

“那么，如果他们发现他没回去……”丝碧卡担心起来。

“他之前在东边几座塔楼那里值班，值完班可以休息几个小时。晚饭之前没有人会找他。到时候奥尔蕾布兰达会跟其他邪妖说他经过铁匠铺，吃了晚餐。我们还有一天时间审讯他。”阿达玛斯说。

“你们觉得催眠箭的效果还能持续多久？”伽蕾娜问。

“我不知道。”丝碧卡回答，“这是我第一次用。”

两个矮人没有再问，其他几个少年也没有说什么。

“好吧，我们等就是。”阿达玛斯说着往椅背上一靠，抄起了手。

小火柴没有挠天花板了，它抓到了什么东西，含在嘴里烧黑了，便缩到一边嚼起它的小点心来。莱古路斯递给它一小块煤炭，小羽龙感激地看了他一眼。

“孩子们，有件事情我很好奇。”阿达玛斯严肃地看着翁布罗若说，“在你们救小朵尔玛丽娜的时候，你有没有……感觉到什么不同？”

“怎么说？”罗比尼娅问，一边随手接过丝碧卡递给她的糖浆。

丝碧卡手停留在了半空中，不安地看了一眼翁布罗若。

翁布罗若的手握在“毒药”的剑柄上。

“你是说这把剑？”他问。

“正是。”

两人对视了一会儿。

最后翁布罗若点了点头：“我感觉到……当时‘毒药’动了一下。”

阿达玛斯的眼睛亮了起来。

“啊哈！”他一拍大腿，“我就知道！”

丝碧卡给莱古路斯和两位矮人各倒了一杯热糖浆。

“可能那把剑感觉到了泥巴拿着匕首威胁小朵尔玛丽娜。”伽蕾娜说。

“匕首？”莱古路斯问，“这个邪妖身上没有匕首啊……”

伽蕾娜从夹克里拿出一把血迹斑斑的匕首给他们看：“没有哪个邪妖出门不带匕首。这个是我们在门口找到的……”

“呸！也只有像他这样的胆小鬼才会拿匕首威胁一个小女孩！”阿达玛斯咬牙道。

“但这个跟‘毒药’的颤动有什么关系？”翁布罗若问。

阿达玛斯笑了：“当一个无辜的人有生命危险的

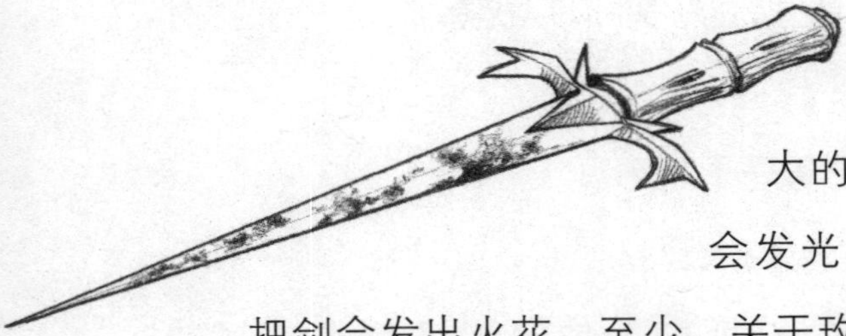

时候，命运之剑会有反应！伟大的菲耶罗的那把剑会发光，瓦罗洛若的那把剑会发出火花。至少，关于玫瑰骑士的传说里是这么写的……”

“而翁布罗若的会……”丝碧卡说。

“颤动。”伽蕾娜说。

翁布罗若咬住了嘴唇：他和“毒药”的关系比他想象的更密切。

他感到“毒药”颤动，似乎它想阻止邪妖伤害小朵尔玛丽娜，他自己也正是被那种冲动驱使才挺身而出。其实当时他并不是必须要用到“毒药”。后来威胁解除了，“毒药”也停止了颤动，又变得和普通的剑一样了。

“所以这真的是一把命运之剑。”他难以置信地说。

阿达玛斯和伽蕾娜同时点了点头。阿达玛斯说：

“那么拿着它的你应该就是最后一位玫瑰骑士……正是因为这个，仙女女王才选择了你。”

伽蕾娜认真地说：“巫师说得没错。或许他真的能够毁掉黑女王的权杖！”

第十五章　审讯

当泥巴醒来已经过去几个小时了。现在快到傍晚，黑暗重新降临到了城市和群山之上。鲁提路斯还没有回来。

翁布罗若的房间已经被清空，只留下一张捆邪妖用的椅子。醒来的邪妖大喊大叫，又是摇晃椅子，又是骂各种不堪入耳的话，又是恶狠狠地威胁。等他稍微安静了点儿，翁布罗若和其他人走进了房间，开始审讯。邪妖背对门口，面朝一面光秃秃的墙，绿色的脸干巴巴的，下巴突出来像一个鸟嘴。

刚听到开门声，邪妖就发出一串刺耳的大笑，听得丝碧卡鸡皮疙瘩都起来了。“好，好，你们胆子可不小。”他的声音尖涩得像好久没上油的合叶。

大家不安地交换了一个眼色，邪妖继续说：“抓我不是一个好主意，你们清楚得很。马上放我走，或许你们不会死在矿井底下。”

阿达玛斯示意其他人不要说话。泥巴咬了咬牙。

“无足轻重的小东西！他们很快就会发现我不见了，一定会来找我。要是没找着肯定拿你们开刀，到时候你们会死很多人。”

没有人说话。邪妖试图动动腿但动不了：阿达玛斯打的结太死了。

“你们想干什么？你们不能把我怎样！你们要是敢对我做什么，邪妖一定十倍奉还，你们这群没用的蚂蚁们！”他不屑地说。

但这一次丝碧卡感觉到他的声音没有之前那么肯定和傲慢。在这些侮辱的话下面，有了一丝恐惧。

还是没有人说话。最后，阿达玛斯示意可以开始了。翁布罗若用清楚嘹亮的声音说：“你真的相信你说的这些话吗？”

很久，邪妖没有说话。跟他说话的人不是矮人，口音不同。这让他思考起来。

翁布罗若脸色苍白，眼睛死死地盯着邪妖。

“我没听过你的声音，混蛋……你是谁？”邪妖戒备地问。

“你不认识的人。”

“如果我不认识你，你也不会认识我。为什么绑我？”

翁布罗若笑了。“怎么了？你看起来又老又皱，是不是因为有人夺走了你们的自由，就像你们夺走了矮人的自由？别哼哼，我知道你们邪妖对待犯人的花样可多了。”

阿达玛斯点点头，他很赞同翁布罗若的话。这时泥巴又发出一阵大笑。这笑声里有些许紧张。

“你要把我怎样……你们想把我怎样？你们的人还不少？”他问。

“你很快就会知道。”翁布罗若说。

房间又静了下来。邪妖的手不安地动着。“很好，你们只不过是一群站在我身后的秃鹰罢了！”他凶狠地说道。

现在孩子们明白了为什么阿达玛斯和伽蕾娜坚持要用这种方式审问。用威胁和虐待的方式并不能撬开泥巴的嘴：邪妖训练有素，不吃这一套。他们要让他开口，唯一的办法是让他觉得不自在，让他迷茫，让他以为他们除了一些小细节外什么都知道。

刚刚在走廊上大家排练了审讯的过程，翁布罗若的声音严肃又平静，被认为是最适合审讯的，他自己也同意了。

他难以捉摸的表情让人产生了一种距离感。

此时丝碧卡对翁布罗若既喜欢、崇拜，又感到害怕，她第一次发现翁布罗若还有让她不安的另一面。

翁布罗若和阿达玛斯相互示意后，谨慎地停顿了一下。停顿，伽蕾娜嘱咐过，和说话一样重要。邪妖讨厌安静。这会让他们紧张。我们必须利用这种恐惧。

“你很快就知道我们会对你和你的人做什么。”翁布罗若语气阴沉地说。

然后再一次，沉默。

邪妖绿色的大手紧张地搓着："我的人？你说这个是什么意思？你不敢直说吗？"

"我要说的已经说了。"翁布罗若回答。

"你们这些胆小鬼！休想让我相信你们能打败我们，休想！"泥巴大喊道，接着痉挛般冷笑起来。

"好，随便你怎么想。"翁布罗若说。

"随便我怎么想？你什么意思？"他吼道。

"事实正好相反，很快你就会知道。"翁布罗若平静而自信地说，任由邪妖打断了他。

"什么事实？"邪妖似乎想打破重新降临在这房间的寂静。

"事实就是已经发生的事情。"翁布罗若说，"你什么都不记得了吗？"

第十五章 审讯

泥巴在椅子上摇晃起来。“你倒是说说……我应该记得什么！你空口无凭！”他暴躁地叫道。

翁布罗若的脸上浮现令人不安的笑容：“你问我事实。我早就知道。但我可以不说。”

“快讲！”泥巴说。

翁布罗若和阿达玛斯飞快地交换了一个眼色。“我打赌你还记得，山上出现的神秘人歼灭了你们在

旧路的要塞。”他说。

泥巴嘟囔了一声，感觉翁布罗若又要沉默了，连忙喊道：“接着说！”

“好，那是矮人干的。不过你需要证据，为了得到证据你抓住了小朵尔玛丽娜。”

“然后呢？”泥巴不屑地说。

“从那时起，矮人们就开始造反了。不过这个你或许不会记得。矮人早就已经准备好了，就等着有一天出其不意地夺回美岩城。要战胜你们并不困难：他们对你们的酷刑、你们半桶水的魔法，还有你们跟黑暗军团的联盟都知道得一清二楚。”

“撒谎！”

“是吗？”翁布罗若笑着说。

泥巴痛苦地呻吟了一声。“你想从我这里知道我们会使用什么魔法？只有巫师懂这个，他们和女巫……”他突然不说了，好像被什么不舒服的念头打断了。“你就是那个巫师！长胡子的老混蛋！放开我，我要向冷血大人请求亲自用我的手刀把你切成两半！没有什么魔法能阻止我！”

翁布罗若吃惊地看了一眼阿达玛斯。他把他当成了斯特拉利乌斯！阿达玛斯耸耸肩，示意他继续。

或许这让事情变得更简单了，因为这样泥巴只会更加紧张。

但泥巴眯起斜视的小眼睛，摇了摇头，想了一下说：“不……又在撒谎。全都是扯淡！就算巫师也不可能打败他们！或许能打败我们，但不可能打败他们！”他高兴地喊道。

翁布罗若皱起了眉头。“如果你说的‘他们’是指空心骑士的话，我必须告诉你，你错了。我们也已经找到打败他们的办法……”

“说谎！”他的声音像被什么堵住了。

现在已经到了收网的时候了。

“如果我真的说谎……”翁布罗若说，“为什么你的人还没有来找你？因为他们来不了。你是冷血身边最亲近的人之一，不过现在连冷血也自身难保。”

这些话让邪妖焦躁起来。莱古路斯、阿达玛斯和伽蕾娜都转过去看翁布罗若：他脸色苍白，十分专注，眼神既无情又坚决。

“不！没有人能够打败骑士！”

“如果你真的这么肯定……”翁布罗若故意只说了一半。

邪妖吞了吞口水，翁布罗若继续说：“你应该知道森林王国的事情……穿过魔镜到这边来的空心骑士们没有告诉你们吗？他们没有说他们是像兔子一样逃过来的吗？你想象他们为什么想破坏魔镜呢？”

“这些胆小鬼什么都没跟我们说！他们只想要石头……他们说要通知黑女王，让她……逃跑！”泥巴愤愤不平地说，“但冷血大人做得好，没有把石头给他们！秃鹰都比他们好上一千倍！至少它们忠诚！空心骑士……我看他们干脆改名叫‘软蛋骑士’吧！冷血大人让他们来看守他家了！”

翁布罗若讥讽道：“没错。他们一把事情搞砸就跑了。”

“还表现得高高在上！如果他们告诉了我们这

些，我们会撕烂……等……你当我是傻子吗？没有人能够破坏黑铠甲！”他一边说一边拼命扭头想看后面站的究竟是谁。

“你想要证据吗？”翁布罗若说，往前一步。泥巴吓了一跳。

“证据？如果你有就拿出来！”邪妖说，似乎想告诉自己刚才那句也是谎言。

阿达玛斯和伽蕾娜吃了一惊，翁布罗若说：“告诉我你是怎么知道小朵尔玛丽娜和她传递消息的事情的。你说了我就给你证据。”

“休想骗我！给我证据，否则我不会相信你！看来你想从我这里知道什么，不想浪费时间问我问题。哦……我知道了！”他嘀嘀咕咕地说，似乎很满意自己的推测，“间谍……你害怕你们中间有间谍是吗？只要我一句话你们就可以确定是不是真的有间谍。但你必须先给我证据！”

翁布罗若知道是时候拿出证据了。

他拿起行囊，在里面找了一会儿，拿出一块刻有

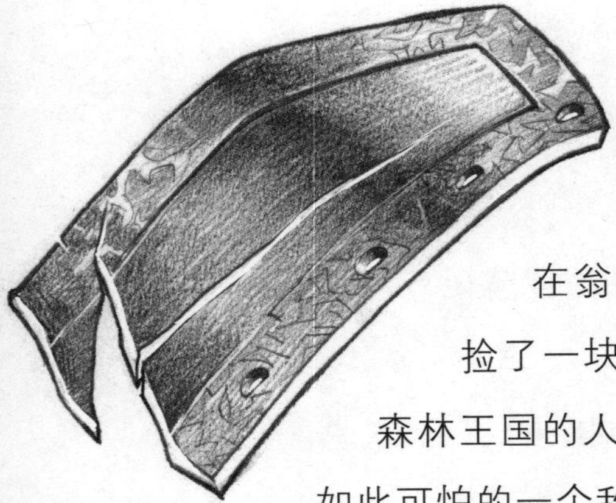

浮雕的黑色金属片。这是被“毒药”刺穿的铠甲的碎片：斯特拉利乌斯在翁布罗若和空心骑士对决后捡了一块回来，当时是为了证明给森林王国的人看，让他们知道他打败了如此可怕的一个敌人。后来他把这个交给了翁布罗若让他带在身边：这样一件壮举的证据早晚会派上用场。斯特拉利乌斯总是没错。翁布罗若走到邪妖背后，伸出了手。

这块发亮的黑铠甲的碎片出现在了邪妖的眼前。

足足几秒钟，房间里鸦雀无声。

接着泥巴嚎叫起来。

第十六章　思考和怀疑

翁布罗若叹了口气，捋了捋黑色的头发，摇摇头。

“抱歉。”他说，来到餐桌前坐到大伙儿旁边，“我没有从他那里取得多少信息。”

小火柴爬到他腿上，黄色的大眼睛看着翁布罗若，仿佛在安慰他。

“你今天已经做了很多我们这些年都没有做到的事情。”伽蕾娜笑着对他说。

“我们已经知道了很多，比如说从森林王国逃过来的空心骑士留在了这里，没有继续前进。”丝碧卡说。

“没错，现在他们在大长老家当守卫。”阿达玛斯说。

“说得对，这样一来我们占了小小的优势。可能黑女王还不知道我们的存在。”莱古路斯说。

“我不是这么肯定。”翁布罗若摇摇头。“你们还记得吗？这个邪妖提到了秃鹰……”

“但邪妖还说那些空心骑士想拿到石头开启魔法门。”丝碧卡说，她额头上的星星发出坚定的光。“他们为什么这么着急？可能他们怀疑秃鹰并不能真的到达黑女王那里。”

罗比尼娅皱着眉头，点了点头。

“我们假设黑女王什么都还不知道。为了通知她，空心骑士必须回到女巫王国，最快的方式就是通过魔法门。所以他们和我们一样需要石头。”

“而我们知道他们没有拿到石头。”阿达玛斯接着说，“只有冷血才能打开魔法门，而且只有在上交艾斯培里奥的时候……所以在上交铠甲的日子到来之前，魔法门都不会被打开。在那之前，空心骑士都不得不留在这里。”

“或许他们认为对冷血表示忠诚并守卫大长老的家可以让他们有足够的时间在里面找到石头。”伽蕾娜说。

“但冷血应该知道空心骑士只忠诚于黑女王一人。”罗比尼娅严肃地说，“光看森林王国起义之后他们是怎么抛下狼人的就知道。”

所有人都沉默了好一会儿。

“我最担心的……”翁布罗若说，“是邪妖提到的间谍。你们认为这是他挑拨离间的方法，还是真的有人背叛了我们？”

“我觉得他只是想让我们自乱阵脚。”莱古路斯说。

“或许你说得对。”伽蕾娜说，眼睛里充满了担忧。

“或许不对。”阿达玛斯说，“泥巴本来应该在刚玉路巡逻，而不是这里。据我所知，他虽然残忍邪恶，但没有什么想象力。肯定是有人跟他说了什么，或许是矮人中的一个……背叛了我们。”他艰难地吐出这些字，似乎说出它们耗费了他很大的力气。

伽蕾娜瞪着大大的眼睛看着他，十分惊愕：“你不能这么想！我们中不可能有人……”

“我也不想，相信我。”阿达玛斯哀叹了一声说，“我也没有想过我们中会有人为黑女王制造权杖！你想想！一个叛徒能解释很多事情。比如他们怎么知道我们藏在旧贮藏室中的食物，还有切石机和……我的父亲从花园的围墙进入那里的事。”

伽蕾娜的眼睛里已经全是泪水。虽然她很不想承认阿达玛斯的话，但疑问的确存在。

去年冬天，他们秘密储存的食物被发现并且被掠夺了。十几个矮人，很多还很年幼，被抓起来送到了矿井。就连阿达玛斯的老父亲也被邪妖抓起来审问。审问过程太残忍，而且持续了太长时间，最后这位铸剑长老牺牲了，但他什么也没说出去。其他的几位长老对此无能为力。暴露自己太危险，那时的他们还没有准备好：冒险起义等于毁掉一切希望。

伽蕾娜知道阿达玛斯心里一直不能接受长老院的决定。她能理解。

“可能还有别的解释。或许我们被人秘密监视却不知道。或许……”她试着说。

“被谁？”阿达玛斯说。

他走近壁炉，看着那些小小的火焰吞噬着一截木头，就像疑问噬咬着他的心。

一个小时后苏尔福带着鲁提路斯回来了。大家帮忙把鲁提路斯送到了他的房间，让他在床上躺下。翁布罗若和丝碧卡记忆中鲁提路斯那张微笑的脸现在变成了灰白色的，眼睛像玻璃一样空洞，曾经灵活的手变得冷冰冰，还不住地颤抖着。苏尔福的脸色也非常难看，而且脸上还有一些瘀青。

“他们像扔麻袋一样把他扔在了铁匠铺！是奥尔蕾布兰

达叫我把他送回来的。”他痛苦地说，和其他人一起坐到桌子前面。此时阿达玛斯和伽蕾娜去值班检查盔甲的制作情况了，多年来他们每天都要做这样的工作。

这时候，医疗长老古普鲁来了，他关上了房门，在鲁提路斯的房间为他治疗。

“他能好过来吗？”罗比尼娅问。

“谁知道呢……他年纪很大了，不过体质强壮。”苏尔福说，“现在我们似乎已经能自然地接受这样的事情……有时候我不知道我们怎么会沦落成这样……我们的骄傲呢？”

“他们想从他这里知道什么？”丝碧卡问。

苏尔福耸耸肩。“他们什么都没有问……现在他们什么都不问。”

“你怎么知道？”罗比尼娅问。

“因为我也在那里。”

孩子们面面相觑，翁布罗若皱了皱眉头。他还是不喜欢苏尔福。

“那你为什么不……”罗比尼娅吞了吞口水，“既然你在那里为什么不帮他？”

苏尔福开始往嘴巴里不停地塞炖肉，似乎在发泄压抑在他心里的挫败感。

“他们把我们分开审问。”他简单地答道，心不在焉地嚼着炖肉，“再说，如果你们觉得自己有权利批评我，那么请便吧。精灵们，如果我真能做什么你们认为我会袖手旁观？”

没有人接话。房间里只剩下火苗的噼啪声和苏尔福咀嚼食物的声音。“阿达玛斯和伽蕾娜跟我说了你们抓到了一个邪妖。”他嘴里塞得满满地说，“你们也在审问他？”

“我们没有折磨过他。”丝碧卡说。

“但你们还是从他的话里得到了有用的信息。”苏尔福说，眼睛不友好地盯着翁布罗若。

“也可以说是从他没有说的话里得到了有用的信息……”翁布罗若说。他尽量强迫自己不害怕苏尔福，就像斯特拉利乌斯要求的那样。

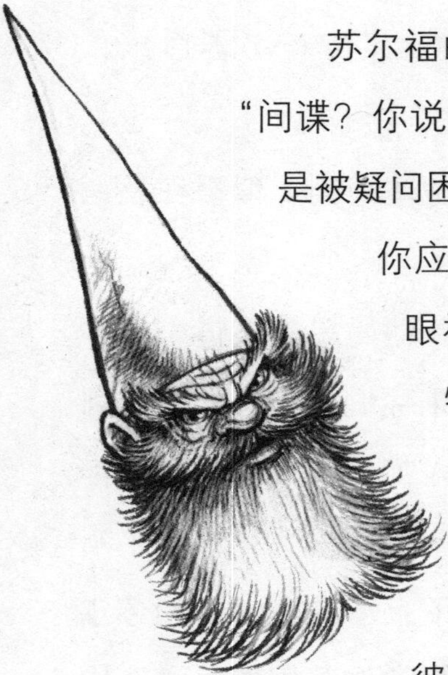

苏尔福的脸上露出一个苦涩的笑容。“间谍？你说的是这个吗？最可悲的事情就是被疑问困扰，没错。总是有人怀疑我。你应该懂我的话，就是你，用那种眼神看着我，你也不相信我。斯特拉利乌斯说得对，我们人很少，而且处于劣势。如果我们不信任彼此，我们就只能被邪妖玩弄。如果我们信任彼此，并且我们之间真的出了一个叛徒的话，那么遭殃的不是我们中的某一个，而是整个起义活动，整座美岩城。”他说道，把差不多空了的小木碗放到一边。

小火柴不爽地叫了一声，抬起头，好像在空气中嗅着什么东西，然后挣扎着离开了罗比尼娅的怀抱，鬼鬼祟祟地溜出了房间。

苏尔福接着说：“但我现在想知道的是别的事情。你们有巫师的消息吗？”他说：“我想知道你们是

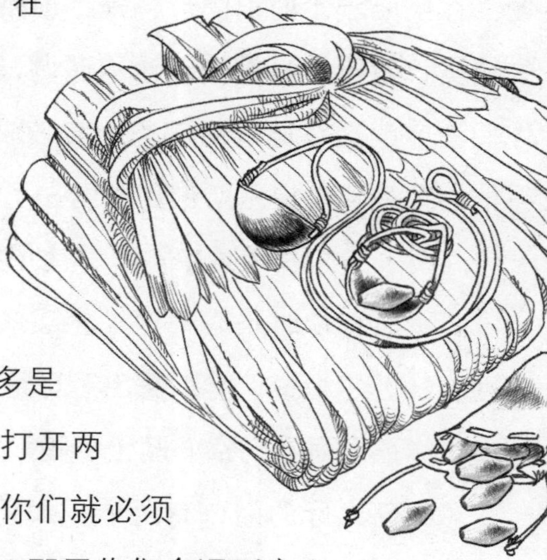

不是已经准备好了在没有他在场的情况下行动。”

“为什么问这个？”罗比尼娅问。

“因为差不多是时候了。巫师一打开两个喷泉的水源，你们就必须进入大长老的家。那里你们会遇到空心骑士。不会很多，但总归是空心骑士。你们觉得怎么才能打败他们，难道就凭一把能够刺穿黑铠甲的剑和一个用剑的人？”

“我们能做到。”翁布罗若打断了他，“倒是你们，已经确定好什么时候夺回美岩城了吗？你们的弹弓有足够的子弹对付邪妖吗？”

“我们的子弹很快就够数了，我们还有摄魂蛇皮做的隐形斗篷隐藏踪迹。而你们，斗篷也派不上用场：在空心骑士面前隐形斗篷不顶用。别生气，年轻的精灵，我不想一副失败论的调调，但这些问题是在你们去完成这么危险的任务之前必须明确的。你们觉得他们把我和鲁提路斯带到哪里去了？”

“在……大长老家中？”罗比尼娅猜测。

“冷血喜欢时不时把他‘忠实的臣民’抓来亲自审问。”苏尔福说，脸上露出了可怕的表情。

“你在里面看到空心骑士了吗？”

“王座大厅的门口有两个。大门口有两个。还有一个在上楼的楼梯处，一个在厨房门口。人不多，但分布得很好。入口和出口都被严密把守。”

“那个密道是通到花园？有人看守花园吗？”翁布罗若问。

“没有，但如果你们不能从花园进入室内也没有用。”苏尔福说，“我说过，要进入室内光有隐形斗篷是没有用的。”

“这个我们会想办法。”翁布罗若说，不再看他。

第十七章　蛇纹泉

斯特拉利乌斯哈了口气暖了暖手，又看了看四周，太阳正飞快地朝地平线落去。多亏莫儿的帮助和苏尔福的指引，他找到了正确的路。

现在他能够看到它了。水源已经被崩塌的岩石掩埋，冰雪堵住了水道，形成一个绿色的水潭。那片地区非常危险，因为可能有新的塌方或者雪崩。被岩石挡住的水面抬升成一个堤坝，水找到一个缺口，从厚厚的冰面下潺潺流出，形成一个小小的瀑布，周围环绕着尖尖的岩石。

水潭在一片开阔的平地上，白天秃鹰肯定能看见他。要想不被发现只能在晚上行动。所以，要融化水源上的冰，他不能使用会发光的魔法，那样不仅仅会被秃鹰发现，还会被邪妖、摄魂蛇和雪巨人看到。此外，在融化冰面之前，他还需要移走堵住了蛇纹泉水道的坍塌的岩石。

可惜斯特拉利乌斯不能确切地知道水道在哪个位置，因为厚厚的冰雪把所有东西都隐藏了。他只能根据山的走势来猜测水道在哪里。

苏尔福跟他提到过山脊上有一条小水渠，是用绿色发光的铜页岩铺成的，在有阳光的白天从美岩城看过去，就像一条碧绿色的长蛇。

斯特拉利乌斯必须从白雪下面找到那条水渠，然后移开岩石，让水重新流到水渠里，流回城里去。巫师从鞍上下来，摸了摸莫儿的鼻子，它的眼睛被落日的余晖照得闪闪发亮。

“我们必须独立完成这一切。”巫师对莫儿耳语道，“就在今晚。”

雪貂喷了喷鼻子，巫师咧嘴一笑：“是的，我知道。一个晚上太短了，但翁布罗若和其他人没有太多时间。我需要你的帮助！晚上山上会有很多眼睛巡视，我们必须尽量不让它们发现。”

这个王国的未来无人知晓，但如果没有人能够毁灭黑女王的权杖，整个幻想王国的命运都将风雨飘摇。或许是权杖导致了其中一个最古老的王国的毁灭，那里的人民在很多年前一直致力于保护幻想王国不被坏人所危害。那个地方就是翁布罗若父亲的故乡——骑士岛。

巫师若有所思地用手在黑色的绿松石上摩挲着，这块曾经打开了通往那个古老王国的魔法门的石头，被女巫变成了魔镜的钥匙。上面的龙形图案几乎已经看不清楚！就像这块石头一样，被黑女王权杖轻轻一点，那个岛就毁灭了。

但应该发生了什么事情阻止了黑女王用同样的速度扑向其他王国！有什么事情放慢了她的速度，使她不得不使用魔镜来到达准备侵略的国家。

而且这个事情不应该跟权杖本身的缺陷有关，不然黑女王很快会发现，并且会报复矮人们。

不，拖慢她的是别的东西，巫师想。

黑夜一眨眼就降临在了群山之中。寒冷刺骨的空气几乎要割伤皮肤。终于到了行动的时候了。

巫师从莫儿的鞍上取下魔杖，高高举起，嘴里念

着神秘的咒语，接着魔杖触到被冰雪覆盖的地面，发出紫红色的光芒，沉入了白色的地表。山体震动了。

震动十分短暂，几乎感觉不到，但已经足以让巫师与大雪山对话，了解铜页岩水渠的所在之处。他看见了，用脑中的眼睛。他重新睁开眼睛舒了口气，幸好水渠只有一小段被坍塌的岩石堵住了。其他的地方都是被冰封住的，他可以用一个简单的魔法把水加热到足以冲破冰封，自动流到城里。然而要对付岩石，他和莫儿只能用最后一个方法：挖。用手和爪子。

“跟我来，朋友。这将是一个漫长而辛苦的夜晚。”

就这样，蛇纹泉的源头开始一点一点被释放出来。

那时候我还在女巫王国，给黑女王当仆人。我最最希望的就是自己能够变成一只蝴蝶，飞得远远的……
振翅高飞

我不得不服侍恶毒的黑女王……
……和我不幸的同伴们一起。我们已经失去了所有。
但我们还梦想有一天能够回到故乡。
夜晚是一张梦做成的甜蜜的斗篷……
人们可以在这张斗篷里安睡。
但对于我来说，夜晚是我专注于实现自己计划的时候。

逃跑的唯一办法就是学习魔法。
到了干活的时候了！
魔法是一种强大的力量。女巫们发掘了它黑暗和神秘的一面……
以及最危险的一面！

就在那个时候，我通过魔法第一次看到了幻象，或者说是通过一次失败的魔法……
那是我第一次……
……看到他。

我不知道那个勇敢纯洁的少年是谁，他打败了空心骑士，解放了早已丧失了希望的森林王国。
STOMP
STOMP
STOMP
幻象消失后，声音引来了守卫。
然而在我的脑海中，那些景象却挥之不去。

我不能再多浪费一分钟，等待事情发生改变。
我要做点什么……
我要找到那个没有名字的少年。

我没有时间研究从女巫王国到那个少年所在的森林王国的路有多危险……
但我成功从一个守卫那里偷到一张地图，使我在这个黑暗的世界里不会迷路。
我用的时间比我想象的要长，但我不顾劳累，过了很多天，终于来到了目的地……

魔镜。通过魔镜，我来到了我旅程的第一站。
食人怪王国。
但我没有料到，通过魔镜的时候，我又看到了一些东西……
或者说，一些人。我要找的人似乎就站在我的面前。

我徒劳地想加入他们……
我拼命大喊，却喊不出声音……
……我的幻象只不过是一张画着那个少年和他的同伴的透明的面纱。
那是影子和魔法产生的幻觉，没有实体也没有重量。我必须去别的地方寻找他们。这时魔镜把我送到了另一边的王国。

我还不知道怎么回事，就已经来到了食人怪王国。
那是我第一次看到它的样子，这个从合法的主人那里被强行夺走的王国。
但突然，我没有心思去想这些了。
我已经说过，魔法是个危险的东西。有时候又是可笑的。就这样，女巫的魔法把我变成了现在这个样子。
一只又肥又蠢的鹅。

为什么我不能把自己变成一只蝴蝶呢？
那样的话，至少愚蠢的食人怪抓不到我。
事实上，这些食人怪帮了我一把，虽然他们不是有心的。
他们让我和他们一起，穿越了整个王国。

夜晚降临在食人怪的营地。
我很清楚趁黑行事的便利。

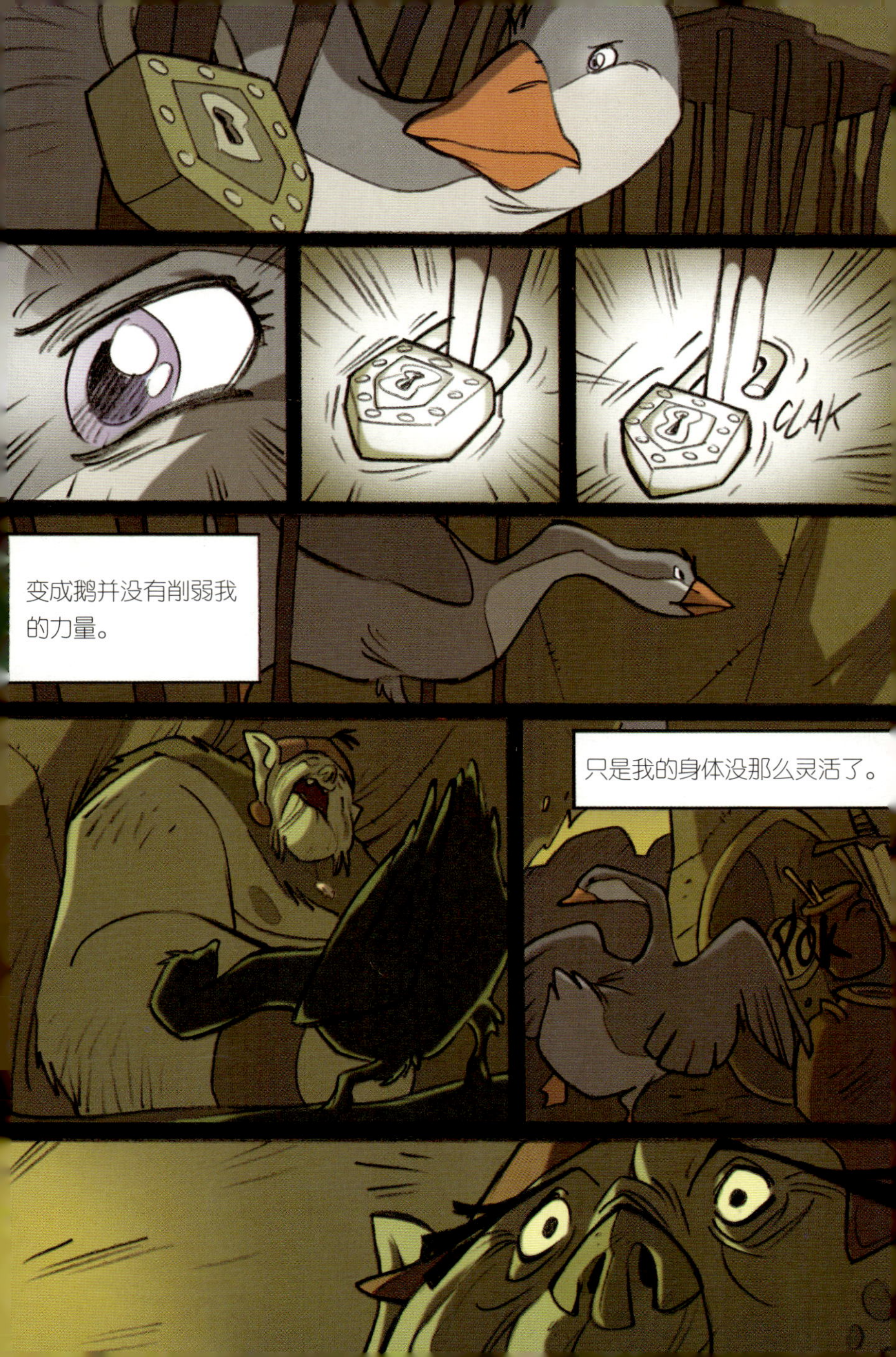
CLAK
变成鹅并没有削弱我的力量。
只是我的身体没那么灵活了。
POK

我必须学会如何
最好地使用它。

有时候，身体不够用，就得用脑子。
或者用一点小小的魔法，来尽快消失。

终于可以休息一下了，至少休息几个小时吧。
我从没有想过有一天会如此想念黑女王宫殿里的燕麦粥。
终于，我来到了通往矮人王国的魔法门前，我明白黑暗军团也已经征服了那个勇猛的民族。
我抓住机会，利用一辆运送铠甲的货车，穿越了魔法门。

矮人王国非常寒冷。但能够找到那个少年的希望能帮助我克服任何困难。
不能再搭便车了，不然会被发现。
又过了几天，我终于看到不是黑暗军团和女巫那一伙的人了，我可以跟他们聊聊……
还是算了。

变成鹅后我也丧失了说话的能力。事实上，那时候我才发现，我说的每一个字都只是一声“呱呱呱”。
CLAP CLAP
很快我就发现，矮人们也被迫在为坏人干活。
就这样我来到了城里，到了冷血的宫殿。
我没办法离开那里，因为那里被施了魔法。我尝试过……

……可是没有用。我记得的最后一件事情就是那个梦。梦里，那个巫师也来到了矮人王国，正在为解放他们而努力。

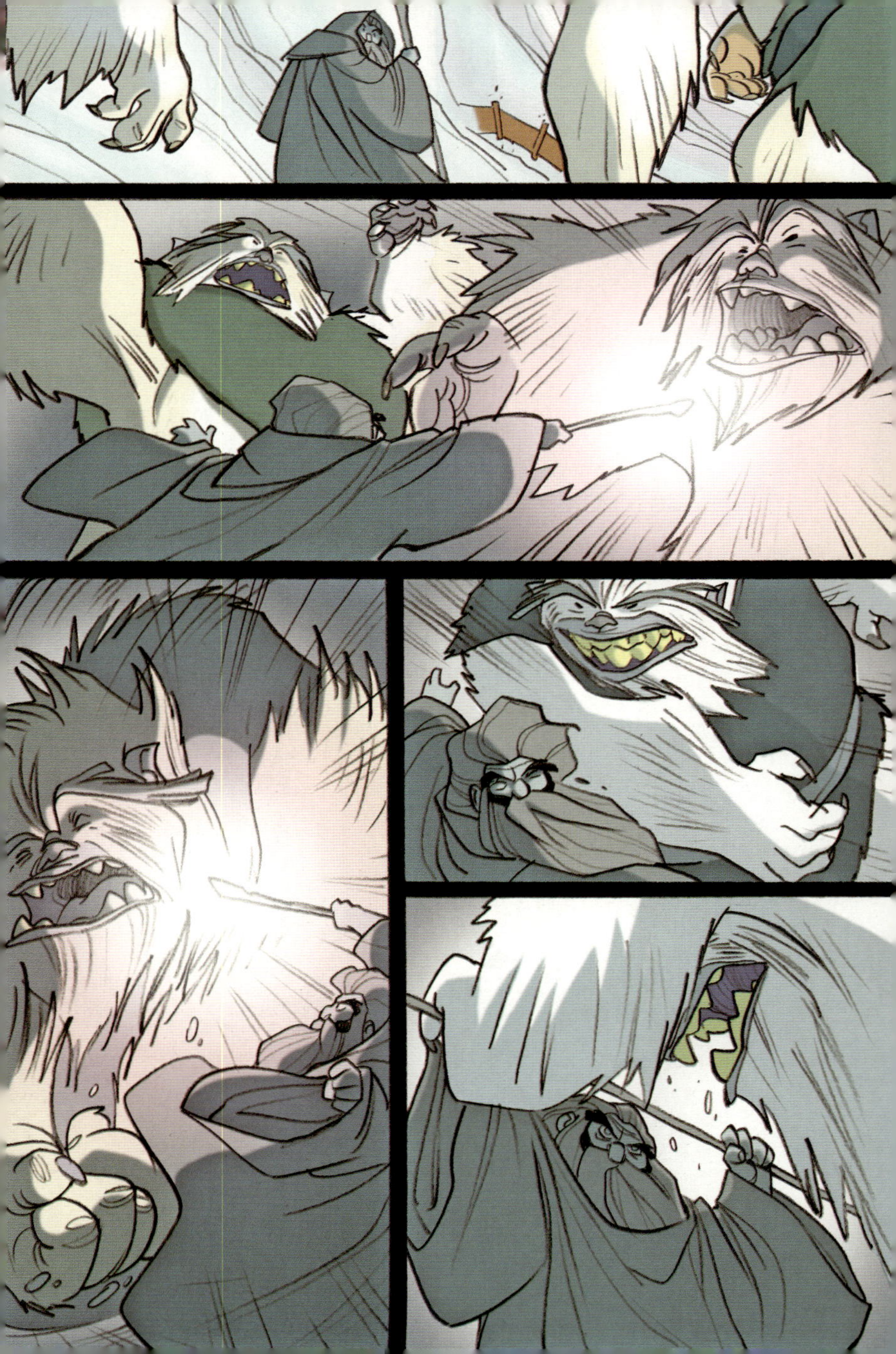

我突然醒了过来，意识到发生了什么变化。
我继续做我的鹅和囚犯。
但我知道，在那里，大山中，发生了一些事情。
我只能等待合适的时机到来。
同时，我也努力不让自己变成冷血的晚餐菜单。

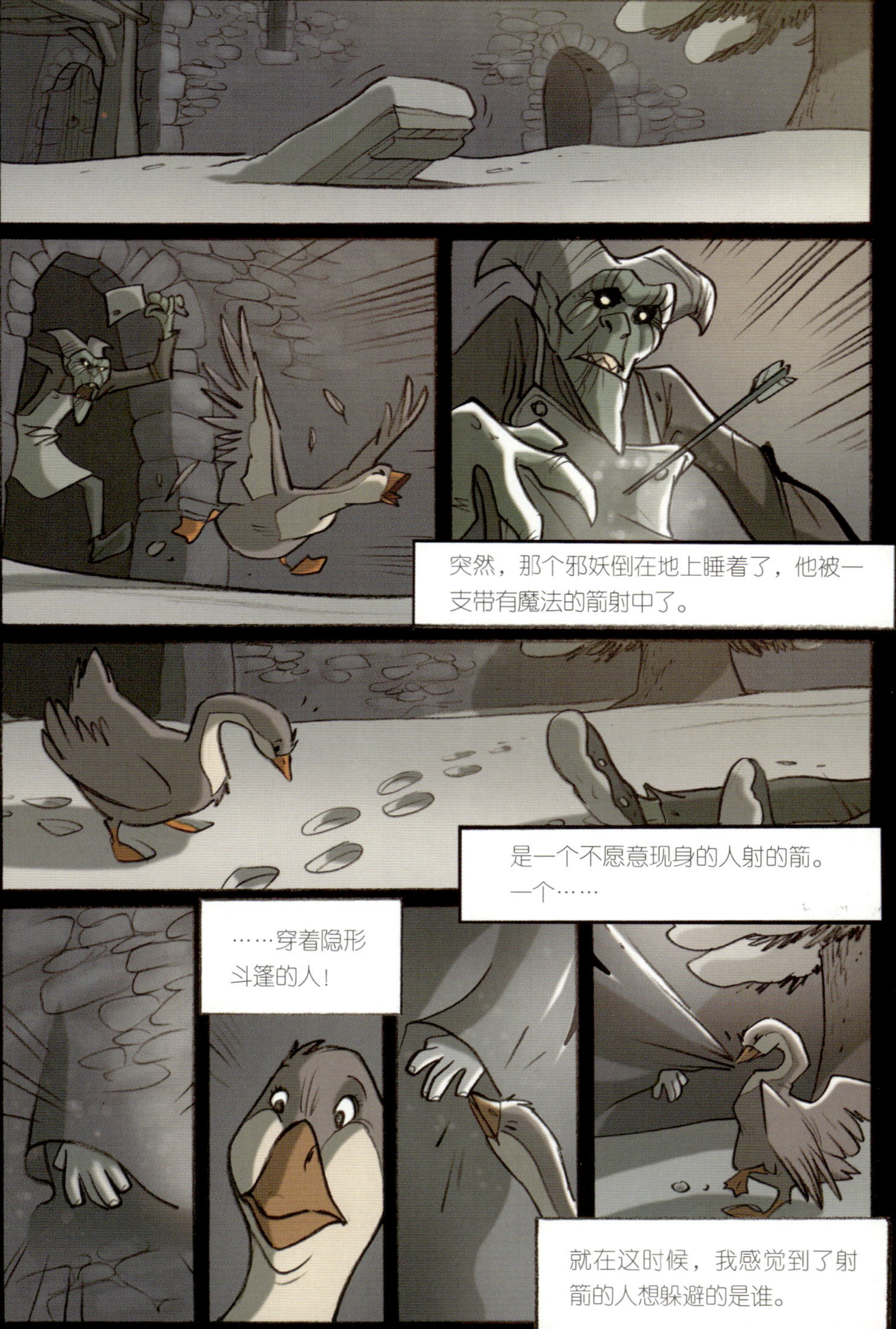
突然，那个邪妖倒在地上睡着了，他被一支带有魔法的箭射中了。
是一个不愿意现身的人射的箭。一个……
……穿着隐形斗篷的人！
就在这时候，我感觉到了射箭的人想躲避的是谁。

我无法相信自己的眼睛。是他。他刚刚杀死了一个空心骑士，和我梦中看到的一样。
但不能在花园里多做停留，不然会被发现的。
根据这些精灵所说，他们需要有人带他们进入宫殿。
还有谁能和我一样神不知鬼不觉地在黑女王的宫殿里行走，给他们当向导呢？

我不能说话，他们只能跟随他们的直觉，相信我。
THUD

这就是我离开女巫王国到目前为止发生的事情。
现在我和精灵们一起……
……想进入石座大厅，也就是邪恶的冷血的宫殿！
只是这个精灵在看什么？
他在看什么……？

你，你是谁？！
你究竟是谁？
你能看到我？
还……能听懂
我的话？
就在这一刻我明白了，我变成什么并不重要。现在我找到了我梦中的那个少年，他能够看到我的样子。有他在身边，我知道我们能够打败黑女王，重新站在自由的天空之下。像一只蝴蝶一样，振翅高飞。